U0086064

誠，躍然紙上。

第一輯裏的文章，似乎是全書的精粹，在「看山讀山」一文中，描寫他的生活環境：

「住處的前後，都是青山，茶山青秀，綠竹濊濊，野草迎風，雜花生樹，右邊鳳凰瀑布與麒麟潭，潭水清幽，浪花飛濺，觀瀑垂釣，各從所樂。而且名潭、名瀑和鳳凰、麒麟二山，遙相呼應，名山勝水，相得益彰，極盡自然之美。」

像這樣一個覽繁複雜的工商業社會裏，充滿了機械噪音，廢氣毒液處污染，而能寄寫山林勝水之間，旣享受大自然之美，復有超然物外的心靈之樂。灑脫飄逸，閒靜空靈，這種生命之美的境界，陶靖節先生也祇能形容為：

「此中有真意，欲辯已忘言。」

大美無言，無言之美，在於意會，不在於言傳；不在於實證，而在於參悟！

久居鄉野，徜徉於田園山水之間，敎學之餘從事寫作，依然保存着一顆誠樸純潔的心靈和真情，發為文章，乃有收入第五輯的：「我的第一篇作品」，以初戀的故事為題材，娓娓道來，含有「人面桃花」的遺憾，十分清新可愛。至於另一篇「六筆兼用話塗鴉」，可見從事寫作是一條極其艱辛漫長的事業；尤其是要能夠耐得了長期的寂寞。唐代大詩人杜子美懷念李白謂：

「千秋萬世名，寂寞身後事。」

詩人用兩句話道破了世俗間的萬象，也指點出生命的價值。慨然彼此相許相慰要甘於寂寞，

善盡歷史的使命。

明儒黃梨洲先生曾經說：

「夫人而不能耐寂寞，真是無所不為矣。」

這簡直是論評古今歷史人物的至理名言，一語道破了文學作家生命的智慧。

（民國七十三年十二月號文訊月刊第十五期）

寄情山水話心聲
——「一縷新綠」自序

柴扉

在學生時代，曾讀過歐陽修的「醉翁亭記」，領會這位歐陽太守，雖然自號醉翁，並不善於飲酒。所謂「醉翁之意不在酒，在乎山水之間也。山水之樂，得之心而寓之酒也。」從這幾句話裏，可看出歐陽公當時的心境：他的遊山動機，不在飲酒享樂，乃在寄情山水；而山水間的樂趣，是在心靈上有所獲得時，才寄託在酒上的。

山居中，我喜歡吟誦李白「獨坐敬亭山」的詩句：「眾鳥高飛盡，孤雲獨去閒。相看兩不厭，只有敬亭山。」每在閒坐看雲時，領略到詩人看山讀山的樂趣。我嗜好飲茶，經常以茶代酒，對屋後名茶產地凍頂山，由於飲茶思源，高山仰止，總有一份樂山崇敬之情。

然而，離鄉背井多年，久住山區，孤陋寡聞，總難免有一份鬱悶與寂寞。教學之餘，忙裏偷閒，只好以讀書閱報為精神寄託。情得於中而形於言，言之不足，便寫作之；於是便把塗鴉作為業餘的工作，塗塗抹抹，聊以自娛。二十年來，已發表有散文、小說共約一百萬字。這本「一縷新綠」是我的第四本散文集，其中五十多篇文章，都是近年來先後發表在報章、雜誌上的作品，

雖說是「敝帚自珍」；其實，只不過多獻一次醜罷了。

書中第一輯「散文集粹」，乃對山居景物的描寫，與個人生活情趣的敘述。第二輯「勵志小品」，從修身、齊家到愛鄉、愛國，提出個人的拙見，在自勉亦在勉人。生平對往事舊物，難免有一份依戀，在第三輯「往日情懷」中，緬懷往事，有歡笑、有苦味、更有傷感，算來苦多於樂，是個人生命中苦樂的追憶。第四輯「書香專輯」，乃鑑於現時社會經濟繁榮，一般人大都物質生活富裕，而精神生活每感空虛，拳拳相勉無他意，總在勸人多讀書；而讀書便是澄澈心靈的不二法門。最後一輯「讀書寫作」，乃報導個人買書、讀書與教學、寫作的甘苦，可看出個人筆耕生活的梗概。

因為自己學識淺薄，寫作技巧欠熟練；但書中篇章旨趣，字裏行間，總難不開質朴與真實。友人慣謂我文如其人，藉此可看出個人愚拙的本色。

承蒙名作家王邂吉教授，撥冗賜寫序文，使本書生色不少；唯序文早經發表，出版時，內文篇章稍有數篇更動，在此謹向王教授致謝，並向讀者諸君致歉！多年來，並蒙前輩作家謝冰瑩教授的鼓勵與指導，使我在寫作上獲益良多。平時文友們的鞭策，讀友的鼓勵，與報章、雜誌編輯先生的關愛，以及三民書局劉董事長惠予出版本書，在此一併致謝，並希讀者諸君多加指教！

（初稿發表於中華日報出版界）

一縷新綠　目次

第一輯　散文集粹

第一講　骨犬義体

看山讀山

古話說：「知者樂水，仁者樂山。」由於各人的愛好不同，見仁見知，就憑各人的喜好了。

有朋友這樣問我：「如果山與水，換爲熊掌與魚，二者不可得兼；那麼，你到底喜愛哪一種？」

「我當然愛山。」我毫不考慮地回答他。

「這樣說來，你就是仁者囉？」

「好說，仁者我可不敢當；我只是喜歡山的厚重和沈默罷了。」我似有所回憶地告訴他：

「再說，我從小是在深山裏長大的。」

「至於水呢？我並不是沒有那份喜愛；而是長大後，遷居市鎮，瀕臨大河，幾次大水災，弄得我家庭因窘，田園流失；所以對於水，總懷有一份畏懼不安。

離家後，四海遨遊，乘船在海上漂蕩了十多天，看到海的蒼茫和遼濶，白浪滔天，壯觀美

麗，想起古人「乘長風破萬里浪」的豪語，又引起我對海的敬仰和嚮往，所以我又喜歡水了。

人，生活在世界上，能傍水就難得依山，能居山就難得臨水，要是與山水都有緣接近，那無

異是享受魚與熊掌兼得之樂。不過，我以為古人所謂的山水，不是「五嶽歸來不看山」句中的

山，也不是「觀於海者難為水」句中的水；而是歐陽修筆下所謂「醉翁之意不在酒，在乎山水之

間也。」的小山小水，或者是名山勝水，而不是那種高峻的大山，和浩蕩的大海了。

照這樣說來，我何幸能寄寓山區，又瀕臨勝水，享受山水兼得之樂；雖然不敢自詡為仁者、

智者，但對古人那種「樂山樂水」的情懷，確是十分嚮往。尤其是山的穩重、仁厚，水的明淨、

澄鮮，對於陶冶性靈，寄情物外，更是個人所樂於接近的。

教書將近二十年，我沒有副業，更沒有其他的嗜好；只是看看書，塗塗抹抹的，算是我的業

餘生活。由於嗜好寫作，不得不使我多買書讀書，我服膺清人張潮「文章是案頭之山水」那句名

言，只要是好書就讀，好文章就欣賞剪存。案頭上收藏漸多，不但得到許多實用的益處，而且變

成怡情悅性的山水之物。有人說，書有書香，花有花香，我常兼得案頭書香與窗外花香的薰賞，

而樂趣無窮。

住處的前後，都是青山，茶山青秀，綠竹漪漪，野草迎風，雜花生樹；右邊有鳳凰瀑布與麒

麟潭，潭水清幽，浪花飛濺，觀瀑垂釣，各從所樂。而且名潭、名瀑和鳳凰、麒麟二山，遙相呼

應，名山勝水，相得益彰，極盡自然之美。

我常在教學之餘，或工作疲憊之際，登樓望遠，面對羣山，相看不厭，每覺逸趣橫生。又常在清閑的假日，投入大自然的懷抱，接受青山的愛撫，和綠水的蕩滌，洗盡一身俗慮。更常在靈感枯竭之時，讓山水啓廸心扉，賜給我一些靈感；經過多次試驗，這辦法還滿管用哩！

可能你還不大了解山，或者不太懂得水吧！這話也是張潮告訴我們的，——「山水是地上之文章。」不是又有人說，「落花水面皆文章」嗎？山，雖然是沈默的，但它有無聲的語言；水，雖是柔滑的，它却有琮琮的細語。要想參山悟水，需要你去看它、讀它，更要去擁抱它，才能得到許多眞實的益處。

而且，看山讀山，並不是只去遊山玩水，放浪形骸；而是要從山的厚重不遷，和水的柔順通達，得到許多性靈的啓示。

山窮水複，柳暗花明，只能給我們直覺的感受；而「見山不是山，見水不是水」，那才是更高一層的參悟。

「逝者如斯夫，不舍晝夜。」給人對時光流失的感歎；但那是有形的警語。只有山歷盡千古的磨鍊，任憑歲月奔流，風吹雨打，它始終是厚重無語，而屹立不搖的。光只它無言的啓示，就夠我們受用不盡的。

一般說來，我愛山是重於愛水的，也許我久住山區，和它有一份深厚的感情吧！每當我想起宋人辛棄疾「我見青山多嫵媚，料青山見我應如是」的名句，常作一番自我檢討：我是愛上青山

了；但青山對我的印象怎樣呢？

也許我一身的塵俗，還得不到青山的青睞吧！要想達到「料青山見我應如是」的境界，恐怕要再作一番參悟了。

（七十年八月二十四日臺灣新生報）

這條路上

我出生在山區，襁褓中過了幾年安定的生活；小時候跟隨父母逃紅軍、躲土匪，稍長，抗日戰事發生，曾一度離鄉避難；長大後，又因負笈他鄉，在家日少；離家後，跟隨團體行動，處處為家；所以我年輕時候，沒有在一處能固定居住在五年以上，可說是嘗盡了顛沛流離之苦。

遷來此地鹿谷以後，生活始安定下來，光陰荏苒，一晃已經十有八年。在人生中留下深刻的印象，也將是一段最值得回憶的美好時光。

記得初搬來時，我住在鹿谷街上，當時人車稀少，我可以騎着單車上班或在附近街巷打轉，無虞交通事故。無事時漫步在街頭巷尾，行動也非常悠閒。當時一般人民生活仍甚清苦，行走在這條路面雖有柏油、但仍狹窄的路上，兩旁新式建築物很少，屋頂難見一根電視天線，早晚炊煙四起，雖無茅舍仍可見竹籬，晨曦初放時白鷺羣飛，夕陽西下時倦鳥歸巢，青山翠竹，鳥語花香，人民日出而作，日入而息，一片純樸的鄉村景象。

後來，我選來半山上的學校宿舍，單車無用武之地，上下山乃用步行。每天早晚漫步在附近

山區，假日並向東延伸，或循原路下山散步，十多年來形成個人固定的生活方式。起先，我可以

嚮往古人的芒鞋竹杖，行動甚為悠閒；後來，來往車輛日漸增多，又因為緊接在宿舍的後面，正

是通往鳳凰谷風景區的馬路，每逢假日或黃昏時刻，車輛絡繹於途，車光逼射，穿越馬路尚感因

難，何能悠閒漫步？

數年前，由於鳳凰谷鳥園的興建，該線聯外道路改道，由宿舍的後面改往屋前；於是一部部

的開山機挾着「怪手」開來，使得屋前的茂密樹林，一時如摧枯拉朽，山腰間土崩地裂，不多

久，一條雙線行車的高級柏油路面，便於焉鑿成。屋前車聲隆隆，整日不絕，而屋後又變成我飯

後漫步的清幽地帶。夜間兩旁的水銀路燈，照耀得如同白晝，雖身在山區，亦如履平地。

十多年來，由於社會繁榮進步，又因為本地出產的凍頂烏龍茶暢銷，人民生活水準顯著提

高，——電視機、電冰箱家家不缺，生活全部電器化，摩托車成為普通交通工具，高樓大廈如雨

後春筍般盧立，茶廠、茶行，沿途可見。某些茶產豐盛地區，不但茶廠林立，一路茶香；而且住

屋華美，數家即有一部轎車。每逢假日我循路邊漫步乘與登臨麒麟山上，遠眺溪頭、鳳凰谷等

處，只見羣山蒼翠，一片秀麗山景；平看凍頂山區、俯視永隆、鳳凰等村里，滿山遍

野茶園青翠，紅瓦白牆，白雲繚繞，車輛來往不絕，一片昇平景象；尤其是麒麟潭潭水清幽，山林間鳥聲悅

耳，附近平疇綠野，鄉村現代化；與十八年前漫步所見，進步成另一個世界，為人間難得的仙

境。

平常鹿谷街頭，為通往溪頭、杉林溪與鳳凰鳥園的輻輳點，車輛本來甚多，個人漫步時，只好儘量靠邊走，以便一面尋思腹稿，一面觀賞山色。以前只見大小車輛在路邊停排長龍；最近一次，竟然使得鹿谷附近兩個村里大小巷道、內外馬路亦為之停滿，大小車輛在一千部以上；使得班車難駛，行人水洩不通，車輛甚至排至我平日散步下鹿谷的山區馬路。我只得從水洩車縫中，前往參觀茶賽，盛況可想而知。

在鹿谷街頭一棵古樹上，原棲息有一大羣白鷺鷥，早晚翱翔天空，或散落在田間覓食，平添「枯藤、老樹、昏鴉」的山村景象；但由於年久污染環境，不受村民歡迎，被迫遷居對面樹林；後來又因為附近興建屋舍，且車聲驚擾，只好又另遷他處，從此不見踪影。有時猶見三兩隻飛過，觸目似曾相識，——落花人獨立，微雨驚雙飛。使人別有感慨。

本來，社會繁榮富裕，交通旅遊發達，為社會進步的可喜現象，吾人亦樂觀其成，同享經建成果。但由於開山闢路，廣拓茶園，使原本秀麗的山色，景觀為之變易。此地原本滿山翠竹，與茂密樹林，凍頂茶園尚少。漫步山陬，可享受樹濤鳥語，竹韻山青的閒逸情趣。我可以沿途停息觀賞，找一條樹林陰翳的窄徑，或田間小路，或山丘樹叢，享受短時的清靜。或閉目尋思，或靜聽鳥語，或翹首雲天，或坐觀山色，閒適自在，無人打擾，而與盡歸來。曾幾何時，一些竹木林

地及小徑山丘，漸被闢成茶園，或拓寬成為馬路，或沿途建起屋舍，使得鳥群遠飛，景觀遜色。

而道路的拓建，車輛的增多，使我散步時，不但沿途無適當可資駐足之點，且必須小心翼翼，儘量靠邊；至於噪音的震耳，空氣的污染，尤其有礙衛生。從前遠望風翻竹葉，靜聽鳥語蟬鳴，與坐看雲起時的閒情雅趣，已大大為之減少。

不過，細想起來：此種環境之變遷，乃社會進步中之必然現象；只要大家生活改善，個人散步的閒情，雖稍受影響，又何足掛齒？所以，我仍是早晚漫步山陬，迎送晨曦與落日，除欣賞山光水色以外，並透視進步中社會的另一層面。

（七十四年五月一日青溪雜誌第二五一期）

一縷新綠

在各種色彩當中，一般人大都喜愛綠色。有人說，綠是新生的代表，是青春的象徵。有了綠意，更顯出朝氣；發現綠洲，便有了希望。常看綠色，在心理上不但有清爽、寧靜的感覺，而且對眼睛有舒緩和保護的功用。

古今以來，一般詩人和學者之所以性喜自然，大都由於對綠色的偏愛。

——「苔痕上階綠，草色入簾青。」有了一片綠意，不但看不出佳屋的簡陋，更顯出房舍造意的清高。

——「讀書之樂樂何如，綠滿窗前草不除。」窗前有綠草盈門，目遇之而成色，更可以增加讀書的情趣。

——王安石為了「春風又綠江南岸」那個「綠」字，更改十餘次才定稿，更可看出綠色在文學中的妙用。

我寄寓山區，前後都是竹林和牧草，本來已經綠滿柴扉，一片蔥蘢綠蔭；但我對綠色的觀賞，仍意猶未足。所以在我的辦公桌上，常年放置一瓶萬年青，作為案頭上的清供。

這瓶萬年青，本來是剪枝拿來瓶養，多年來，倒還青蔥翠綠，生機旺盛；但由於學校調整辦公室，變動幾次環境，且下班後密不通風，慢慢地便趨於枯萎了。

這枝瓶插原本是藉它調養心神，鼓舞朝氣的；現在却帶給我心神的不安。

有人說，植物的本性，在根植不移，要從固本上着手，不可經常搖動侵犯它；同時水裏要添加養料，以便它有足夠的營養。比方說：在瓶裏放根鐵釘下去，水裏有了鐵質的成份，可以代替施肥，便不會再枯黃凋謝，而可以漸顯生機。

可是，這辦法試過兩次，仍不見靈效。這瓶萬年青，漸漸由瘦小而枯萎，最先還有些綠意，慢慢地外皮枯死，一層層蛻去，只剩中間一縷綠芽。

由於那一縷新綠，好像是新生的代表，看來還有一線生機；於是我剝過幾次它的枝葉，調節氣溫和陽光，仍然收效不大；如再不加以設法，恐怕會終至全部枯凋了。

這瓶瓶插，既然不見興旺，只好轉移環境改換為盆栽了；於是我把它帶回家中，附栽在一盆玫瑰花的盆景上。花盆較大，且泥土肥沃，讓它接受陽光和雨露的滋潤，發揮它自然生長的本性。起先我還不大注意，過了些時，只見枝葉舒展，漸顯生機，由枯黃而翠綠，由瘦小而頎長。

現在，那原來的一縷新綠，已經變成密茂扶疏。不但本身綠意盎然，而且又另生枝葉，繁衍延

伸，與新開的玫瑰花互相映襯，紅花綠葉，相得益彰，看來美麗動人極了。

（七十一年三月三十日台·央日報）

霧裏山居

凡是在霧裏常久待過的人，對霧大都有一種迷濛、沉悶、匆遽和神秘的感覺。正如唐人白居易在「花非花」一詞中所描寫的：

「花非花，霧非霧，夜半來，天明去；來如春夢不多時，去似朝雲無覓處。」霧就是這樣地神秘、飄忽、隱約、模糊，使你撲朔迷離、神思恍惚，帶有幾分無奈的感覺。

它常穿戶入閨，不請自來，變幻莫測，來去無蹤。有時久待不去，山林都在它的魔掌籠罩之下，瀰漫四野；有時又如過眼雲煙，虛無縹緲，使人難以捉摸；但是，只要有陽光出現，它便已高飛遠颺，不知所止，究竟是陽光驅散了雲霧，還是雲霧讓陽光照臨？自然界的變化，本來就是這樣地莫測高深。我想；黑暗的日子，總是不會太長；有陽光，就有光明和溫暖呀！

我原久住平地，對於霧的體驗不深，眼眺遠處的霧裏山林，常有一種「雲深不知處」的神秘感。直到舉家遷來山區，才體驗到陰雨晦明的氣象變化，和暑往寒來的季節變遷，而對於冬季的

霧裏山居，十多年來，更有深刻的感受。

此地地名鹿谷，東倚海拔一千六百餘公尺的鳳凰山，和溪頭風景區相距不遠，山明水秀，鳥語茶香，爲一以產凍頂茶聞名，最近也養鹿的谷地。

鹿谷的霧，可分爲濃霧、薄霧和輕霧三種。在濃霧的天氣，大都是連天陰雨，空氣滯留，整個山區無論早晚都被濃霧所籠罩，通常在十公尺左右，難辨人物。這種沉悶的天氣，一連幾天下來，由於濃霧瀰漫，濕氣太重，一般住戶門窗都不敢隨意開放。這時候室內氣溫較高，水蒸氣蒸發，空氣無法對流；而室外則寒風凜列，室內室外氣溫相差甚鉅，所以一般新式建築的房屋，天花板和門窗玻璃上，早上起來一看，都附著一層濃密的水點，更有像豆大的水珠，附在房上最高的內層，等到凝固不住時，便滴落在地上。有兩年的冬季，山區連天被雲霧所籠罩，門窗幾天不敢開，室內就有這種霧凝水滴的情形。

有一首流行歌——我睡在雲霧裏，雲霧在我的周圍飛……歌詞倒很寫意；可是霧中的情景，往往當局者迷，但從遠處另一個角度看，並不是想像中那種美。這裏雖然沒有深壑幽谷，高峯峻嶺，但是行雲飛霧，風偃山林，倒別有一番風味。宋代大文豪蘇東坡遊廬山時，曾作「題西林壁」詩：「橫看成嶺側成峯，遠近高低各不同。不識廬山眞面目，只緣身在此山中。」可說是此情此景的寫照。有時候我遠望對面的山峯，爲雲霧所掩蓋，猜想該地的人們一定過着陰沉潮濕的生活；但是等到變換位置以後在公路上再回看自己的住所，一樣是「只在此山中，雲深不知

處。」回想在家生活的情景，真正是睡在雲霧中了。

所謂薄霧，乃是氣候將起變化時才有。這種霧變幻莫測，忽來忽去，飄飛不定，好像妙齡的少女，情緒奈人捉摸。有時早晨太陽升起，朝曦乍放，氣候溫和，忽然由峽口吹來一陣陣的霧氣，給局部山區戴上一層面紗，山林村落，隱約深沉，頗有幾分神秘氣氛。薄霧當然較之濃霧為淡，來得也較快，一陣過去之後，又來一陣；時而天晴，時而陰暗，一個上午天氣要變化很多次。這種天氣在家曝晒衣物，關閉門窗，非常麻煩；所以每當天氣變化時，對於霧的侵襲，必須格外小心，不然濕霧吹進室內，對衣物保存影響很大。

最後談到輕霧，可說是朝嵐與暮靄所形成。往往在早晨天明後，整個山區均為霧氣所籠罩，人物莫辨，大約一小時後，曙光乍現，不難撥雲霧而見青天。這時候大地初醒，朝氣蓬勃，喜歡早起的人，做做戶外運動非常恰當。這種輕霧大都在久雨之後才有，平時殊不多見。至於晚上的霧氣，大抵為天氣將要變化前的徵兆，由山外峽口處慢慢形成。我在晚餐後要想開閉門窗，只要看看山下村落的燈火，就可判斷氣候。如果是華燈初上，燈火輝煌，就可以放心開門；否則室外一片迷濛，不見燈光，還是趕快關門為妙，第二天也絕對沒有好天氣了。

這時候四野蒼茫，空氣沉悶，頗使人有窒息之感。局促一室之內，欲出不得，只好在室內踱來踱去，以看書或聽音樂來打發時間；而窗外的汽車喇叭聲，此起彼落，大家都提高警覺，減速慢行，以防車禍。

這三種霧的來臨，以濃霧最為惱人。

薄霧有如輕紗微掩，使人有迷濛，虛幻的感覺。你如果是一位詩人或作家，置身其境，可以捕捉許多靈感。你如果喜歡攝影或繪畫，眼看大風起兮雲飛颺，更可以獵取許多美好的鏡頭和題材。詩聖杜甫曾描寫過：「天上浮雲如白衣，斯須變幻為蒼狗。」眼看氣象變幻神奇，心情亦隨之飄浮騊蕩。

至於那種輕霧，在早晨的為時甚短，最為我所喜愛；尤其是早晨空氣清新，精神抖擻，站在高岡上，居高臨下，俯視大地，一片初醒的朝景，再翹着雲天，等待晨曦的乍放，使人有心曠神怡之感。有時在暮靄中踽踽獨行，或蹲在樹旁清靜片刻，可以解除一天的疲勞，清新一下頭腦。這裏沒有塵世的喧囂，沒有白天的雜鬧，山區的薄暮靜靜的，四週只是白茫茫的一片，雲霧在周圍繚繞，可說是偷得浮生片刻閒了。

鹿谷的霧天並不是經年如此，只在每年多季才有；而多季當中，也並非天天如此，還是有晴天。這種霧氣對於氣候的調節，和農作的種植，非常有益。此地多天不太寒冷，而夏天卻很涼爽，很適宜人們定居和農作物的栽培。俗話說靠山吃山，鹿谷鄉的凍頂茶、多筍和孟宗竹，為聞名退邇的特產，可說是得天獨厚，為經年多霧的恩賜。此地民風淳樸，人人安居樂業，物阜民康；且地形適宜，交通方便，雖無崇山峻嶺，但有茂林修竹。古語說，竹裏居人原不俗，茶山青翠，綠竹漪漪，的確很適宜人們定居的。

（七十四年一月五日成功時報）

溪頭秀色

溪頭，這遊人嚮往的地方，由於她的清幽寧靜，景色宜人，經年吸引不少的遊客；較之其他旅遊地區，別具一番勝景。

久住都市的人，置身青山綠水之間，遠隔紅塵，徜徉在大自然的懷抱，可消除都市的緊張氣氛。長年工作忙碌的人，偷得浮生一日閑，到此一遊，漫步杉林蔭道，欣賞森林的綠意，可消除工作的疲勞。至於青年男女，無論在婚前旅遊，或是婚後來此度蜜月，惠而好我，携手同行，耳聞枝頭鳥語，或哼幾句民間小調，面對青山翠谷，更增加不少的羅曼蒂克氣氛；所以到過溪頭的人，除飽覽山光水色以外，光是帶回那一兜的清幽翠綠，就抵得不虛此行。

我寓居溪頭附近，更是此地的常客，過去大都在白天遊賞，從沒有在溪頭過夜的。此次因為團體活動，有機會與溪頭的暮靄與晨曦親近，更飽覽了此間早晚的自然景色。山區多霧，每在黃昏或清晨，溪頭多被雲霧所籠罩。暮色蒼茫，晨曦難見，山影幢幢，虛無縹緲，森林間常披着一

朦朧的外衣，使人難窺到她的真面目，倍增神祕的色彩。

這次正當宿雨初晴，天高氣爽，我們趁在午後來遊，會議完畢後，已接近傍晚時分；夕陽的餘暉，灑滿在竹林杉木枝頭，翠綠中略顯金黃，倦鳥歸巢，遊人增興。山靜盦在頂端，水奔瀉在崖下，暮靄繽紛，華燈初上，溪頭的夜員是美麗極了。

我捨不得這難見的景色，順着燈光的射線，站在旅社的高樓，獨自欣賞這明暗的夜景。一彎下弦月隱襯在雲彩與繁星之間，天上人間，景色各異，欣賞良久，俗慮頓消。

由前一晚的滿天星斗，我知道明天又是個大晴天，黎明之前，即起身盥洗完畢，一個人跑到旅社的頂層，迎接溪頭的曙色。轉身向西眺望，遙睹濁水溪平原，川原無際，使人想起古人的詞句：「昨夜西風凋碧樹，獨上高樓，望盡天涯路。」王國維所謂人生三境界，我已領略其中之一了。

下樓後，與同仁作晨間漫遊，小步竹林幽徑，早起的鳥兒，叫得分外好聽，清風徐來，迎得一身涼爽。

登山攬勝，是大家活動的高潮，上神木那條竹林蔭道，爲遊客最賞心的旅程。連天宿雨過後，流水奔瀉有聲，頗富詩意。初升的朝陽，自林梢射入，清風輕拂，使得竹影婆娑，形成活動的圖案。行不數百公尺，見一大石，題有「風雨中的寧靜」數字，審視良久，細思涵義，心中良

深感慨。

竹林下新建有「竹廬」一幢，建材係就地取用，頗富山居幽雅情調——「結廬在人境，而無車馬喧。」確是人間仙境。有些青年學生，在竹林中看書、寫生、播放音樂，可謂深得讀書與休閒的雙重情趣。

到溪頭如不去觀賞神木，與遊覽大學池，等於白來一趟。近年來，此地又新增有青年育樂中心，除大學池的竹質拱橋外，又興建有兩座吊橋，更增加遊樂的情趣。

神木之可貴處，在腐朽中顯現生機——枯樹上再生枝葉——到此遊賞的人，都要進入樹身空洞中，仰視雲天，一窺大自然的妙趣。循山路而下，進入大學池，又是一番勝景：只見竹橋拱立，潭影悠悠，四周青山滿目，形成一片綠野；白雲飛鳥，倒影池中，俯視游魚，清泉小躍，天空水面，相映成趣。遊客或靜賞雲山，或携手漫遊，一批又一批地來去，無不盡興而返。

遊覽青年活動中心，跟年輕人在一起，大家也跟着年輕起來。這裏常有青年學生在此聚會，歌聲笑語，朝氣蓬勃，象徵這一代年輕人的幸福與快樂。此處的林間木屋與石板小徑，也是就地取材，顯示出此間建築物的特色；尤其是這裏氣候宜人，為人間難得的佳境。

溪頭，這遊人留戀的地方，滿山的青葱林木，新鮮的空氣，幽雅的環境，和悠閒的情調，常使遊人流連忘返，憶念懷思。

（七十一年十二月二十七日紫光週報）

盧山之旅

「不識盧山眞面目，只緣身在此山中。」由於宋代文學大家蘇東坡的名句，道盡盧山景色朦朧之美，使後人對盧山的勝景更爲嚮往。一般到此遊山的旅客，置身雲霧之中，遠近環視，橫看成嶺，側看成峯，難免帶有幾分神秘感；而「盧山眞面目」一詞，便成爲後人習用的詞句。

然而，回憶少年時代的我，因戰亂頻仍，家鄉陷匪，爲生活所迫，不得已淪爲布販。身揹着幾匹土白布，在「楓葉荻花秋瑟瑟」的季節裏，躑躅在潯陽江頭，沿街兜售叫賣；也曾在南潯車站，面向西南方向，悠然望見南山。雖然不在此山之中，但因距離遙遠，雲霧飄游，也是見山不識山，難以看出盧山眞面目。且因生活困頓，衣食難週，同是天涯淪落人，更無靖節老人「採菊東籬下」的恬適心境了。

這次，隨着學校的員工自強活動，得以暢遊盧山；雖然人在車行之中，尚能見山識山，見水賞水，盧山眞面目，雖在微雨中山行，仍能一覽無遺，一償昔時夙願。然而，此盧山者，乃南投

縣仁愛鄉廬山溫泉所在，國人以其山色秀麗，氣候涼爽，且以溫泉著稱；乃與大陸江西廬山，以

峯嶺秀拔朦朧，為避暑勝地相媲美，故仍以廬山名之，隱含有懷念故國河山之意；然而一般人不

察，或寫「蘆山」，或作「盧山」，均屬錯誤。

遊覽車將抵霧社，道經「霧社山胞起義殉難紀念碑」，同仁等推請一位山地籍老師講述當年

霧社山胞起義抗日義舉。大家對當年山胞莫那魯道父子等，不堪異族的摧殘，不為日軍暴力所

屈，忠肝義膽，碧血英風，肅然起敬。

由霧社進去，車程約九公里，可達廬山溫泉。該風景區位於濁水溪上游之支流溪谷中，有清

澈高溫的優良泉水，峯巒秀麗，花木扶疏。車子在山區中蜿蜒馳行，峯迴路轉，一路青山翠谷，

觸眼盡絲，山嵐澗水，相映成趣。在夏初微雨中山行，不但氣候涼爽，而空氣更清新潔淨。峯巒

經雨水清洗，偶有陽光映照，更覺嫵媚可愛。

一路觀賞山景，只覺時間一晃，即抵廬山。下車後，舉目四望，只見溫泉區景色與過去迥

異。回憶十年前初遊此地，行走在吊橋之上搖搖欲墜，使人提心吊膽；現已重新修建，較前穩固

安全。吊橋彼岸興建有許多新式屋舍、商店、旅社，有現代化的大飯店、別館、溫泉游泳池、蜜月別

墅、卡拉ＯＫ等等，雖在深山高壑之中，仍有都市風光。除旅社、別館供遊客住宿外，商店大都

出售山地特產。總之…廬山以山色清新秀麗，澗水奔流有致，而尤以溫泉最吸引遊客。據說洗溫

泉浴可治皮膚病、關節炎等，飲用可治胃疾；至於水溫煮蛋可熟，更別有情趣。

我們一行被安置在青溪別館住宿，由吊橋下去尚有一段山路，同仁等撐傘在微雨中慢行，邊談邊賞山景。只聞耳邊流水淙淙，別無市廛嘈雜之聲，溝畔輕煙蒸發，似霧似氣，縹緲上升，山隱藏在薄霧中，路燈已開始照明，看樣子天色已近薄暮了。我忽然想起「青溪流過碧山頭，隔斷紅塵三十里」的詩句，與此時此地景色，頗相切合。

初抵旅社時，尚有淅瀝雨聲，飯後仍細雨濛濛，山區頗有寒意。在套房內洗溫泉時，只聞外面風狂雨驟，山雨呼號，心想晚上恐無法出外逛山了。迨浴罷開窗外視，在路燈照射下，仍是絲絲細雨，別無風聲；細聽之，始知為澗水奔流聲響。

由於一天的旅遊疲倦，本想早點休息，何況雨中不便外出；但一躺下，又聞窗外風吹雨打，似較前為甚，再開窗探視，只見樹影幢幢，山區靜謐，無風無雨，仍是水聲的錯覺。躺在床上，一些古詞古句，紛紛映現腦中。——「簾外雨潺潺，春意闌珊。」；「夜來風雨聲，花落知多少。」；甚至有「枕前淚共階前雨，隔個窗兒滴到明。」想來想去，盡是一些感傷的詞句，使人情緒無法平靜。

妻因旅遊身體疲累，不想起床；於是我一人撐傘外出，遊賞山區夜景。沿溪上行，只見澗水奔騰，不捨晝夜，再不是幻象中的呼呼雨聲了。但在路燈映照下，雨絲更見分明，溝內時有霧氣冒出。再往上遠視，只見吊橋附近各旅社之成串金色燈飾，甚為耀眼壯觀，好像一位山區巨人，在夜色中滿掛金色項鍊，閃閃發光，金碧輝煌，滿身富貴氣。還有一些茶藝館、卡拉ＯＫ等市

招，忽明忽滅，交相點綴，吊橋高懸，夜有行人，似險而平穩。再向右上方遠視，只見一處濃煙高冒，直衝天際，既不像失火，更不是燒山，夜來何有如此大之煙霧，噴射不停，形成特殊山景。

由於好奇心的驅使，也想逛逛夜景，於是在微暗中沿溝摸索前進，到達吊橋時雨勢大，只好躲在橋頭閒逛，夜未央而山靜靜的，燈飾在雨中閃爍，濃煙仍然直冒，遇雨不熄。山區之夜，到底不同於都市的市聲嘈雜與燈紅酒綠之娛，所以喜愛遊山夜宿的旅客，到此經年不絕。

在「風雨中」朦朧入睡，一宿無話。次晨天明時為鳥聲所驚醒，心想今天一定是個大晴天了。開窗外望，只見天色微明，雨絲已止，雲開氣爽，天氣放晴無疑。我和妻趕緊起床，盥洗完畢，即趁早遊山。沿溪上行，昨夜朦朧景色，一一呈現眼前。青山矗立，綠樹蔥蘢，鳥聲盈耳，流水潺潺，山嵐與霧氣齊飛，澗水共長天一色，摸摸山邊噴氣所在，觸手皆熱，詢之商店老闆，始知上面之濃煙，即為溫泉區之地熱氣。於是一面觀山，一面直趨上端之地熱井。此井為工業技術研究所所開鑿，於民國六十七年七月完成，深度直達地層五百零一公尺，井底溫度高達攝氏一百七十三度，日夜冒氣，風雨不停，形成廬山風景區的特殊景觀。

此種地熱氣，據標示可利用作發電、冷暖氣、農工業乾燥、溫室栽培及養殖、觀光、醫療及沐浴等多方面用途。附近某旅社前面有純供觀賞之溫泉，註明源自地下，溫度及深度與地熱井相同。眼見熱氣蒸騰，氣泡直冒，觸手滾燙，果然溫度不凡。

由地熱井至溫泉源頭，尚有一段路程，一般遊客大都前往探源與煮蛋。我兩次均半途而廢：十年前偕妻兒前往，因該處道路狹窄泥濘，行走驚險而折返；這次因時間不許，走到半路即回，且路面仍未見改善。我想管理單位是否有意讓遊客攀崖涉險，以增加遊山情趣；還是限於財源無法整修所致。如能將該段至溫泉源路面，稍加拓寬，並裝置護欄，以增加山路安全，我想遊客們更有福了。

（七十五年六月十二日大眾報）

意外的來信

我喜歡交朋友，經常外地友人的來信，平常只要一看信封上的筆跡和地址，就知道是誰寄來的信件。有時候，也有事先猜不出的，大都是久別的友人遷居後，或是多年前教過學生的來信；再不然就是一般未謀面的朋友，和我討論問題的。至於報章、雜誌、文藝團體，和出版社寄來的信件，只要一看封面，即可一目了然，並不感到意外。

有一次，我接到一家報社轉來的信件，有位讀者把我這個筆名「柴扉」二字，沒頭沒腦地調侃一番，竟然把我當做小姐看待；信件既無地址，又未署名，弄得我丈二金剛摸不着頭腦，到底「誰扣柴扉」？現在仍然是個謎。

前些時，我又接到一封意外的信件，初看信面上那生疏的字跡和地址，使我煞費周章。拆開一看，更把我搞糊塗了。信內大意是說：「舍下遭遇困難，承蒙捐款救濟，全家人均甚為感戴，恩情難忘，謹此致謝。」

這更奇怪了，我什麼時候有捐過款救濟人家呢？

說來並不是我這個人心腸太硬，不會樂善好施，實在因為自己手頭上也不寬裕，心有餘而力不足。每個月的薪水，維持一家四口的生活，有時還要捉襟見肘，自已既無副業，只好省吃儉用，勉可維持。眼見人家都建起高樓，我還是住的公家宿舍，毫無一點積蓄，說來已夠寒酸的了。

最近因為買了一棟房子，房款還差一大截，東挪西借，再向農會貸款勉強湊數；每月薪水袋一上手，除了繳分期付款和還會錢以外，已經所剩無幾，何來餘款去救濟人家？

想來想去，越想越不著邊際。記得數年前，看到報紙上報導：有位家庭父母雙亡，孩子無人照管，家中無以為炊，讀後使人心生憐憫。那天，剛好領到薪水，只好在家用預算之內，節省兩百元寄去，那是好多年以前的事了；難道他們還會寫信來？

下班後，準備回家問妻，看她有沒有行這件善事；再想問兩個孩子，看他們有沒有把零用錢節省寄給人家？

我這樣想只是假設而已；其實孩子們零用錢有限，有時候，他們想買瓶飲料，還要考慮很久；只好留待下課後，買個麵包充饑，他們也夠節省的了。

而內人呢？平常更是省吃儉用，除了一套較好的外出服以外，總捨不得買件像樣的衣料；至於購買化粧品和一般女性的高級享受，那更不用談了。

她的一雙皮鞋，穿了很久，已經不能再穿了。兩月前特從家庭預算中，抽出數百元，請她去

買雙新的，以便外出穿用；可是她還是捨不得，挪用給孩子們買兩條短褲了，而自己還是穿舊鞋外出，看來頗不雅觀。

上月發薪水後，我決定要她去買雙新皮鞋，她滿口答應，決定下禮拜就去市面選購；可是還遲遲未見新皮鞋買回。我想：大概是因事耽擱了。

回家後，我把這件「無頭公案」告訴內人，問她有沒有捐款救濟人家？

她低着頭含笑而不答。

「那麼，是妳寄去的囉？」我問內人。

「那天，我看到報紙上報導：那個家庭父病母亡，孩子無人看管，而且經濟困難，實在可憐。」她忍不住歡口氣說：「所以，我便邀約鄰居，每家湊幾百元寄去，誰知道他還寫信來道謝了；其實，那只是一點心意而已。」

「那麼，為什麼不寫自己的名字呢？」我又問她。

「你是戶長，」她含笑表示：「再說，為善不欲人知嘛！」

「好一個為善不欲人知！」我暗想：「她做了好事，不讓人家知道；我呢？沒有行善，竟然有人寫信來道謝了！」一時頗覺赧然。

「助人為快樂之本，」我安慰妻說：「我們手頭雖說不怎麼寬裕；但生活還算過得去，何況是救了人家的急，他們心下是感激不盡的。」

「施比受更有福。」我又安慰妻說：「妳的做法是值得的！」

（七十年六月二十九日中華日報）

平凡的偉大

蟬鳴的聯想

每到盛夏季節，大家都感到暑熱難耐，恨不能躲入冰冷的世界；而樹上的蟬兒，却越熱越叫得起勁，好像牠是炎熱的尅星，在夏天，只有牠能逞強稱霸似的。

當然，季節的遞嬗，乃自然界的規律，大地上的「聲樂家」，也隨着季節的變遷而輪番獻藝。清人張潮說，春聽鳥聲，夏聽蟬聲，秋聽蟲聲，多聽雪聲，……人能適時欣賞到自然界的各種天籟，方不致虛度一生。

不過，對我來說，春天裏鳥鳴嚶嚶，秋天裏蟲聲唧唧，就像春天的繁花和秋天的明月一樣，使我視作等閒；唯有夏天的蟬鳴，聲聲入耳，使我感觸良多。因為鳥聲清脆悅耳，蟲聲悽切低迷，好像是一種自然的聲籟；而蟬聲猛烈高亢，情難自已，從牠們的鳴聲聽來，好像要將他們生命中的光和熱，在短暫間盡情散發奔放，做一番轟轟烈烈地犧牲和奉獻似的。

據說，蟬的生命短促，有的只能活兩三天，至多也只能活四五個星期，平均的壽命都在十天

左右；而牠從樹上產卵，埋入地中孵化，從幼蟲到成蟲，大約要經過四五年到十年的歲月，方能展翅高棲，悲鳴迎夏。

你想，以牠們那樣長的孵育時間，而壽命却又那樣地短暫，眞是如曇花一現，在刹那間化作虛無。所謂「蟪蛄不知春秋」、「夏蟲不可以語冰」，正是蟬類生命的寫照。

不獨此也，蟬類好不容易成蟲鳴叫，高居樹上；但牠們的四週，却隱藏着不少的危機。如委身曲附、虎視眈眈的螳螂，時常想捕捉牠以快口腹之慾。狂風暴雨，火傘似的太陽，牠都得設法適應和躱避。如果遇着一些頑童，以工具或黏物來誘捕，更使牠們隨時有性命之虞。作爲一個成蟬，眞是危機四伏，險象環生，牠們自奉菲薄，安份守己，却時時有安全顧慮，終其一生，日子眞不是好過的啊。

蟬類因爲「憂患意識」深厚，自知存日不多，所以在牠們有生的日子裏，無論清晨、傍晚或炎熱的正午，他們都鼓腹高鳴，盡情嘶叫，聲噪四野，此起彼落，使出渾身解數，唱出牠們的生命之歌。看牠們堅強奮鬥，不向自然界屈服，不向惡勢力低頭，不由得使人敬服。他們猛烈悲壯的叫聲，使得鳥兒的鳴聲被牠壓抑，蟲兒的叫聲爲之低滯。天熱牠們不怕，困阨牠們不懼，那種自鳴得意的勁兒，誰說牠們不能在夏天稱霸呢？

反觀人的一生，亦不過數十寒暑，在宇宙間時間之流裏，與蟬類的壽命相較，亦不過「以五十步笑百步」之差。人類自詡爲「萬物之靈」，有舒適的環境，美滿的人生。——享受造物者的

豐厚賜予，有國家的維護，父母的撫養，師長的教育，和人類的彼此關愛，這種深恩厚德，是一生也報答不完。但有多少人抱有「民胞物與」的胸懷，好好地做一個「大地之子」，發揮人類的愛心，善盡個人的本分。生活在此時此地的人們，豐衣足食，生活優裕，社會安定，民主自由，更有多少人知道處此國難當頭，內憂外患，紛至沓來，他們處心積慮，妄想使我們不能久享經濟繁榮的成果，有危機而不自知呢？

如果我們「不恥下問」，向蟬類學習，天生我材必有用，發揮各人的特長，有一分光，發一分熱，像蟬類一樣地奮鬥一生。不爲非作歹，不施暴搶刼，不貪污枉法，不爾詐我虞，終其一生，善盡國民一分子的責任，爲國家社會多做些有益之事，爲人類多謀些福祉。上焉者，「計利當計天下利，求名當求萬世名」；至於普通衆人，也應做一個敬業樂羣的國民，爲國家社會貢獻出一己的心力，豈不比渾渾噩噩，虛度一生，來得有意義得多嗎？

（七十三年七月十三日成功時報）

散步的情趣

中年人最適宜的運動，便是散步；這對於長年缺少運動的我，的確是一個很好的衛生方法。

基於這一認識，我把散步當成生活中的一部分，而且養成習慣；如果因為天雨不能外出，整天待在家裏，身體怪覺難受。

散步的時光，以清晨最為寶貴，因為人們前一天的身心勞累，經過一夜的睡眠，已經消除恢復。第二天起個大早，出外吸收新鮮的空氣，活動一下筋骨，使得全身舒暢；這種身心上的享受，不是常睡懶覺的人，所可體會得到的。

散步的地點，以山區最為適宜。山區本來就很寂靜，沒有都市的喧囂，而且人煙稀少，車輛不多。翠竹青松，繁花綠水，構成大自然的美妙景色。白天各人都有本身的工作，雖然勝景當前，難得靜下心來欣賞，而且氣溫難免熱燥；惟有清晨早起，氣候涼爽，空氣新鮮，一個人漫步山區，享受這片刻的寧靜，沐浴在晨光中，做幾下深呼吸，身心格外輕爽。

這時候，早起的鳥兒，開始啁啾鳴叫，聲音由小而大，由少而多，壓住了破曉的晨雞，變成了鳥兒的世界，東方的朝陽，就好像是牠們催叫出來的。一霎時，只見萬道金光，從東方山頂上奔騰放射，在太陽尚未升起之前，山區初露曙光，曉霧飛颺，山嵐蒸發，景物由迷濛而清晰，大地已經甦醒了。道路上漸見行人，隱約中聽到車聲了，我散完早步，正在返家途中，飽餐了山區的晨間秀色，又是一天的開始了。

記得從前一位長輩告訴我：「每飯後，走數百步，為衛生第一要訣。」俗話說：：「飯後百步走，活到九十九。」因為飯後的散步，不但可輕鬆身心，並可幫助消化，真是一舉兩得。

我之飯後散步，多在傍晚晚餐後。這時候，是一天工作的結束，飯後稍作小坐，便繞着屋後的山徑走去；距離雖不算長，但也夠我悠閒自在的。

要是在夏天的黃昏時刻，太陽尚未下山，夕陽倚着天邊的雲彩，和山區的霧氣上；將整個谷地的上空和地面，渲染成一片金黃而絢麗的世界，夕陽無限好，景色格外迷人。

不久，夕陽消失，但餘光仍殘照在天邊，暮靄繽紛，氣象瞬息多變，華燈初上，夜神又緩緩降臨。再看路上歸心似箭的行人，和天上倦飛歸巢的小鳥，樹影飄搖，一輪明月，又已斜掛在天邊，構成一幅美麗的夜景。我才在路燈的照耀下，漫步歸來，又是一天生活的結束。

如果在星期假日，我便將散步的層次提高，距離由近而遠，時間也延長了。我戴着便帽，穿着輕裝，沿着一條較長的山路走去。這時候，朝氣蓬勃，朝景清新，迎着初升的太陽，伴着水聲

鳥語，走向大自然的山野，眺望遠山臺樹和平原溪流，心胸極為開朗；尋思間，引起我許多寫作的靈感。

再反身向後山望去，背面正是巍峨高聳的鳳凰山，山腳下那一片青蔥蒼翠的谷地，點綴着幾戶疏落的人家，曲徑通幽，田園相接，眞是人間仙境。這座小山頭成為我散步時休憩之地，只見衆鳥高飛，孤雲獨去，使我想起詩仙李白的詩句，順口吟出：「相看兩不厭，只有鳳凰山。」我高興一下子由一個俗人，嚮往着詩人的生活了。

我家住山腰，到小鎮上要走十餘分鐘的山路，上下坡甚為吃力。假日的下午，我常利用這條山路散步，順便去購物和看報；回程時，也順便提些東西回來。每當我汗流浹背爬在半路時，常有騎着摩托車的好心人士，停在我的身旁，願意帶我一程；我連忙拱手道謝，辭却他的好意。

我想：如果老是四體不勤，缺少運動，而不常爬上爬下的話，那麼，這兩條腿恐怕快要報廢了。

由於多年來的定時散步，養成了我規律的生活。從前消化不良的胃部，現已恢復正常，對疾病的抵抗力，也增加多了。作長距離的郊遊、爬山，更不會吃力氣喘。在緊張生活中，可以輕鬆身心，不再性情急躁。如遇情緒不寧時，散步到大自然去，只見遠山含笑，百鳥爭鳴，原來心裏的一團烏雲，便已化為烏有；再不會有解不開的死結。更常在閒思悠想中，蓄積着許多寫作的素材。

散步對我的收穫，眞是太大了。

（七十年十一月二十日紫光週報）

還是剪貼好

我是在抗戰期間長大的，在當時讀書，由於鄉村文化落後，到初中二年級時，才偶爾看到一份大型報紙，感覺非常新鮮；除了閱讀時事新聞以外，對副刊上的文章，特別感到興趣。

從軍後，每到一個地方，便是找報紙看；並把副刊文字，作為個人進修的教材，和戎馬生活中的精神調劑。

來臺後，生活漸趨安定，才每天可看到報紙。覺得有些時事和文學資料，非常珍貴；尤其是有些副刊上的文章，頗適合自己的口味，讀來蠻有興趣；於是設法把它剪存下來，多年來，積存有好幾大袋。有時間，便把它拿出來閱讀，溫故知新，頗有一些心得。因為當時出版業並不發達，而且大家都在研習軍事教材，很少買文藝書籍看。

後來，看到有人擁有剪貼簿，覺得很有意思；於是我也學樣，把自己的剪報，淘汰一些次要的，把精華的剪貼起來，費了一番腦筋，貼存了兩大厚本。這兩本剪貼簿，隨着個人的生活調

動，跑遍了全臺灣；後來並參加了中副的剪貼展覽，無論觀眾有否起眼，却視為個人的瑰寶。

轉業執教後，生活已經安定，由於個人的愛好，和教學上的需要，剪存的報紙漸漸增多，原來的剪貼簿，已不敷應用，且再無時間精心製作；於是把它貼上標籤，分門別類保存，像公文卷宗一樣。後來，卷宗逐漸增多，積存有一大木櫃，且因工作忙碌，無暇按時閱讀；總想抽出時間，再把它善加整理，細心研讀；可是，時間愈久，積存愈多，而且室內空間狹小，已有剪報為滿之患。既無時間觀賞，丟掉又太可惜；於是狠下心來，捨棄一大部分，仍然存有一大木箱，留待欣賞和參考之用。

後來，購買的古籍和新文藝書籍增多，平時都在看整本的書；只好把一些要看的剪報，抽存放在手邊，利用零碎時間和外出等車時間閱讀，大部分剪報，都在這樣的情形下把它讀完。

近年來，由於出版事業發達，報刊上的好文章，報社或作者大都在後來積存出書，有書可買，就不必經常費神剪報；於是只把報刊上的珍貴資料，和精鍊的短稿，貼在自己隨身的活頁皮夾裏，有時也以割記的方式隨時摘記。多年來，又積存有小型剪貼簿兩本，可說是個人剪貼的珍品，從來不輕易示人。

有段時間，因為新文藝書籍買多了，一時興趣轉移，對那一大箱剪報，似乎有些冷落；但因個人的嗜好，仍然剪存好文章，活頁皮夾裏貼不下，只好留存在木箱卷宗裏。手頭上買的書看不

完，對於剪存的好作品，又不能按時欣賞，在精神上是一種負擔。而且，買回來的文藝書，廣告上雖然誇張得天花亂墜，有的也是在書店裏翻閱以後買回來；可是，愈是名家的書，內容都很龐雜，很少有本純文藝書籍出現。有些文章，人家認爲是精品；其實，並不適合自己的胃口，要想符合個人的喜好，只有自己動手剪貼了。

我剪貼的範圍很廣，也包括雜誌在內。舉凡國內外大事、社會要聞、科技發明、偉人傳記、以及學人論述、文學掌故、詩詞聯語、時令節日、甚至天文地理、鄉土文物、醫藥衞生、精神修養，都在搜集之列；而主要的剪報，乃以文藝作品爲主。

經常，我能瀏覽到十份大型報紙副刊，只要是好文章就讀，遇到有可一讀再讀的文章，事後便設法把它剪存下來，留待以後再讀。因爲愈是好文章，愈能禁得起時間的考驗，甚至百讀不厭。

最近，除把原來的剪報，予以整理收存以外，特別把以前收存的優美散文，拿出整理剪貼，一要閱讀欣賞起來，就方便多了；而且這裏面的文章，篇篇精彩，都是個人所喜愛的。在一般文集裏面，雖然有些好文章，可以一讀再讀，但爲數不多，而且各自分散；只有自己的剪貼簿，可以隨自己的意思編排，雖說是別人的心血，等於是自己編選，自己出版的好書；不但篇篇喜愛，而且是海內的孤本。——只此一簿，別無翻印——雖非價值連城，實在也無法估價，沒聽說，誰的

剪貼簿，顧意以高價割愛的。

個人雖然喜愛寫作，但因自己的學識才華有限，有些想寫出來的文字，總難得遣詞達意，甚至辭難盡乎情，變成累贅鬆散，連自己也看不順眼。只有讀到一些名家的作品，寫來洋洋灑灑，文思暢達，有時正是自己心中所要說出的話，喜怒哀樂，與作者心起共鳴。讀到歡愉處，不覺會心一笑；遇到坎坷遭遇，心境相同，更不覺同聲一歎，消除了個人心中的鬱積。有些義正辭嚴的筆伐，本春秋大義，痛快淋漓，等於代我發言，讀來不覺擊節稱快，大呼過癮，更消除了個人心中的積憤。至於一些勵志優美散文，文窮而後工，情至而後發，可作為個人的生活指南。所以，在無聊苦悶時，翻閱剪貼簿，不但可以欣賞一些好文章，也可以使心情平復輕鬆，做事有活力多了。

剪貼簿，隨各人的喜愛，各自設計製作，但不宜過於雜亂，最好能分門別類，剪輯專題。篇幅不宜過大或過小，以八開紙大較適中。厚度亦不可太厚或太薄，以一百張紙厚為原則。同時只可單面黏貼，也不宜貼得太密，更不可像編書一樣。必須像報紙編排一樣，有所穿插變化。大小橫直交錯，篇幅適中，並稍留空隙，以作補白之用。或一則趣譚，或幾句格言，或名人活動畫面，或花草山水圖案，以所佔位置少，小巧玲瓏者為準。此種補白材料，可在報刊插圖中去找尋。至於藝人生活照片，只可取其精巧美觀者稍作點綴；如果都是些明星大幅照片，那就變得俗氣了。

從剪貼中，不但可以怡情悅性，也可學得一些耐心，更可學得一些剪接藝術；而對於美的欣賞，與眞善的領受，更收穫甚多。如此一來，一本剪貼簿，不但是文藝品，也可稱作藝術品了。

（七十一年九月十日臺灣日報）

左撇子與習慣

一般人把慣用右手的人，稱爲左撇子。據心理學家統計，左手人佔了世界總人口的十分之一。他們本身使用左手，固已習慣；但在各行業中難免遭到僱主的歧視。美國現在就有兩千五百萬左撇子，刻正發起一項運動，要求在由右手人主宰的社會裏，取得完全平等的地位。

一般人都認爲左撇子，是一種遺傳的特性。有些專家認爲，出生時腦部的損傷，或將就右手世界的社會壓力，也可能引起使用左手的習慣。

專家們發現，腦部兩個主葉間衝突的信號，心理學家稱爲「交叉優勢」，即右手人慣用左眼，或左撇子慣用右眼，而左撇子比較容易具有「交叉優勢」的特性。左手人和右手人的差別，歸咎於腦部組織的形態不同。

此外，人類不但在一生中慣用某一隻手，而且也慣用身體的左邊或右邊。因此，有慣用一隻眼睛、一隻耳朵、或一隻腳的情形。

照上面的情形和解釋看來，我是一個標準的左撇子，慣用左手左腳；但事實又並不盡然。

據心理學家說，所有的人類從出生起到三歲為止，都並用左右手。到六歲左右，才能確定慣用左手或右手。我不知我幼兒時期用手情形如何？但記憶中最先踢毽子是慣用左腳，改用紙板上下接拍的紙毽子，也是使用左手。後來讀小學時踢足球，也是使用左腳；而右手右腳却用力困難。

使我奇怪的：我寫字執筆、吃飯拿筷子，和一般人一樣，都是使用右手；可能係從小接受父母和老師的指導，及一般生活習慣使然。除此以外，我打乒乓球、羽毛球、網球，仍然是慣用左手，而跳高從左側躍起，打籃球用左手投籃，甚至拿菜刀切菜，都是使用左手，如改用右手時，即有被切傷手指之虞。騎單車時，用左手扶龍頭，如改用右手，根本把持不住。

平常，做一般家庭瑣事：如開汽水瓶蓋、開魚肉罐頭、拿鍋鏟炒菜、舀水灌水壺、開關門窗、手提雜物等，都是左手着力。洗臉、洗澡擰毛巾，都是從左向右扭，和一般人持相反的方向。

我不但慣用左手，完全似左撇子；甚至慣用身體的左邊，和左邊的器官。小時候和同伴玩遊戲，以身相撞時，慣用左膀，打架時用左手握拳。看東西用左眼比較方便，咬食物用左牙比較有力，刷牙用左手，穿鞋先穿左腳，甚至睡覺時也歪向左邊。我曾經重病數年，初起床走路時使用左腳，拿拐杖用左手，當時使用右邊的身體，總覺得不大方便。還有我背扛物品時，係用左肩，

搬重物左手有力，處處有使用左手左身的傾向。古話說：「少成若天性，習慣成自然。」並無不便之處。

可是離家後從軍，你總不能用左手持槍、用左手扣扳機、甚至用左眼瞄準，初在部隊裏，對於自己是個左撇子，好生苦惱；當兵不能開槍，豈不是大笑話？起先拿枝槍，尚可濫竽充數，不會瞄準，不為人所注意。後來接受射擊訓練，要實彈射擊，可就要做「南郭先生」了。不得已只好下定決心練習，為着改用右眼瞄準，我着實費了很大的力氣，一有閒暇便是練習左眼，歪着嘴巴、咬牙切齒，遷就練習閉眼，照着鏡子，看來非常滑稽；終於皇天不負苦心人，經過一段時間以後，我左右兩隻眼睛，可以同樣開閉自如。在射擊時七分為滿分當中，曾經多次命中六分；而右手也練習好可以丟手榴彈了。

我因凡事慣用左手，為了遷就用左手梳頭所以蓄髮也是左分頭；但是右邊四分之一的頭髮，仍然可用右手梳攏。沐浴時擰毛巾用左手；但仍用右手洗面。擦火柴固用左手；但抽香菸係用右手。倒茶用左手，但仍用右手端茶杯。開罐頭本來係用左手，但一次因左手疼痛，試着換用右手，竟然照開不誤；以後便習慣改用右手了。

清人劉蓉在「習慣說」一文中，借他少年時代以足履窪地的親身經驗，說明習慣對人有很大的影響；藉此告訴讀者，要謹慎於事情的開端，注意培養良好的習慣。常見有人用左手拿筷子，並不是生來是左撇子，而是小時未及時糾正之故。就以筆者為例；我之執筆和拿筷子能用右手，

設非小時父母及師長的及時指導，恐怕完全是左撇子；而長大後用右手拿槍，用右眼瞄準，甚至改用右手開罐頭，完全是後天練習的成就；而有些地方仍可同時使用左右手，如梳頭、洗臉、剪指甲、和用刀片交叉修面等，可見我並非全係左撇子，只是有使用左手左身的傾向而已。如有這種特性的人，是可以練習改用右手的；但習慣要從小養成，等到習慣成自然，就很難改正了。

心理學家提醒人們說，眞正的左撇子，是不可強迫改用右手的；而慣用左手的人，並不是一種不正常的行爲。「國際左手人組織」在其發行的刊物上，列舉歷史上著名的左撇子：包括美國前杜魯門總統、福特總統和許多著名的運動家、藝人和民權運動領袖在內。據說英王喬治六世，生下來就是個左撇子，他的嚴厲的雙親強迫他使用右手，結果使他得了很厲害的「口吃症」。美國前副總統洛克斐勒在童年時也慣用左手，他父親用帶子把他的左手腕綁住，強迫他使用右手，以致他得了「難語症」。

所以，只是有使用左手左身的傾向的人，固可改用右手右身；而眞正是左撇子的人，是不可以強迫改正的。

（七十三年十二月十五日成功時報）

作者（右二）全家照，民國七十五年二月九日（春節）攝於南投鹿谷

知足常樂話山居

筆者前曾發表「科技與生活」一文，將現代人與從前人的生活作一比較，現代人拜科技發明之賜，較之從前的人享樂太多。現代人的普通生活水準，不但是數十年前的富人，所難望其項背，即貴為帝王亦無法享受。

不過，由於科技的發明，引起社會型態的變遷，也帶給現代人許多文明的後遺症。現代人有現代人的快樂，相反地也有許多工業社會的煩惱。例如：飲食怕傳染疾病與食物中毒。住的雖是高樓大廈，但彼此缺少人情味，且佔坪較少，高樓炎熱難當，裝冷氣有人難以適應。一般市區住戶，尤其難耐噪音騷擾與處理垃圾之苦。都市人口密集，難覓清靜的活動空間，人們難免緊張與急躁。而空氣的污染，尤其有礙衞生。擠公車、等班車，耽誤時間與受罪。無車人有「出無車」的感歎；而有車階級却有無處停車，遭人破壞之虞。這些都是從前的人少有的顧慮與困擾。

筆者寄寓山區，遠離城市，享有現代人的快樂，却少有現代人的煩惱。我是個知足常樂的

人，在此並非說風涼話，或作自我陶醉；因為沒有這些煩惱，便可成為快樂，而「快樂」常從「知足」得來。

我服務的學校，就座落在凍頂名茶產地的凍頂山麓，宿舍就在校門的前面，早晚不必擠公車，可以從容上下班。附近有青山綠水，鳥語花香，竹韻清悠，夏秋間蟬聲競技，春耕時蛙鼓爭鳴，多則雲霧瀰漫，山林隱約，霧裏山居，別有一番情韻。且山區氣候涼爽，夏天有天然冷氣，無炎熱蒸烤之苦。住處下面正是鳳凰鳥園與溪頭風景區的交會點。車輛固絡繹於途，但因改道關係，並無噪音騷擾，正所謂「結廬在人境，而無車馬喧」也。

每當早晚或星期假日，我常漫步山陬，欣賞朝陽與落日，目睹晨曦初放與晚霞蔽天，風起雲湧，氣象萬千。野花發而幽香，澗水藍而輕瀉，放眼四野，峯巒秀麗，山景清新，賞心悅目。尤以鳥羣結隊朝飛，由近而遠，由低而高，一羣羣、一隊隊，自由翱翔，井然有序；我的心情亦隨之翱遊天際，置身物外，逸與遄飛。

住處附近曠地頗多，垃圾隨倒隨燒，不會製造污染。隨手種植兩片葫蘆或絲瓜菜苗，不久卽藤蔓糾結，瓜唊綿綿，摘食有餘，常以之贈送鄰友。屋旁兩株番石榴，初栽時只是嫩苗細葉，不到幾年功夫，便綠樹成蔭，果實纍纍，樹下就勢搭成雞棚，養雞飼鴨，為其遮陰蔽雨，亦適得其用。屋後另闢小菜畦，自種兩樣蔬菜，山區雨多土肥，生長迅速，瓜果蔬菜，欣欣向榮，充滿盎然綠意。尤其果菜不施農藥，無食物中毒之虞；土雞爬土抓蟲，肉味香甜鮮美，為現代人所難

得。每有友人來訪,以自養土雞、自種果菜待客,賓主之間,別有一番情味。

寄寓山區,由於現代運輸工具發達,不愁「村居市遠無兼味」,賣菜車每隔兩天,在晨起時定時開來宿舍,各種蔬菜、水果、麵點、魚肉一應俱全,甚至油條、豆漿照樣不缺。電話叫貨,瓦斯、食米、雜貨,隨叫隨來。早餐時即可看到臺北的報紙,收看電視新聞,國內外大事瞬間即知。郵差按時遞信,書報雜誌,郵購即來。山上人家,有山居之樂,而無擠身都市,和與世隔絕之苦,這是現代人拜科學文明之賜,而為從前的人所無法享受的。

生活在此經濟繁榮的現代社會,大家生活水準均已提高,我不但無自用轎車,連摩托車亦付闕如:但安步當車,下鹿谷車站,只須走十分鐘的坡路,以之作為散步路程,倒可鍛鍊身體。在此搭乘冷氣直達車,只須八十分鐘即可抵達臺中。其他各線班車,亦絡繹不絕,安全便捷,無「出無車」的感歎。

現在鄉村都市化,水銀路燈、柏油路面,家用電器齊全,鄉下人家一般生活水準,較之都市人並無遜色。入夜後,山區寂靜,微風輕拂,樹影婆娑,霧散雲高,視野廣闊,站在校園高處,遠眺平原上火車奔馳,車內燈火輝煌,儼似火龍騰躍。山下燈火處處,與天上星光,交相閃爍,蟲聲唧唧,月華明亮,天上人間,構成一幅情景交融的畫面。

山下小鎮夜市,雖人聲喧擾,劃破夜空沉靜:但間有音樂歌聲傳來,尚能悅耳。且喜附近無廟宇佛堂,無擴音誦經、強迫接受禮佛之苦,亦無工廠煙囪與機器馬達聲,故無噪音騷擾與空氣

污染之患。工作之餘，讀書、閱報、散步、品茗，爲人生中最清閒的享受。（七十三年十二月二十五日成功時報）

喜獲佳文妙趣多

在國中教學十多年，自慚過去不是學文學的，却吃下了教國文這碗飯，說來這與自己的興趣有關；所以一直堅守崗位，樂此不疲。

我小時候在農村中長大，讀過幾年私塾，那時候一般人的心態，認為讀書人只要把文章作好，將來不愁沒有出路。我受當時社會的影響和師友的薰陶，很喜歡與書本親近，並認真地學做文章；所以從小我便和文學結下了緣。

從軍後，接受軍事教育，出操上課，生活緊張而忙碌，且所讀的大都為軍事書籍，難免枯燥而乏味；每逢星期假日，常去學校圖書館閱讀報章雜誌，漸漸對文藝有所偏愛，常在課後休息時間，抓住機會瀏覽一些散文，身心甚感舒暢，時日一久，引起我對散文極大的興趣。

後來，我因重病住院，病榻纏綿，一拖便是六年，往日的豪情壯志，雖不致萬念俱灰；但希望那重生之火，始終燃燒不起來。在住院期間，精神苦悶，因不能太費腦力，便以閱讀報章雜誌

作爲病中消遣。每天除散步以外，便陶醉在副刊園地裏，那些風趣雋永的散文，便是我內心愉悅的泉源；不但可消除苦悶，並得到許多人生的啓示。尤其是讀到一些勵志的文章，使我忘記病中的痛苦，意志更隨着堅強起來。因此，我並沒有小看自己，終於逐漸恢復健康，重新踏上人生的坦道。

轉業執敎以後，生活安定，閱讀較爲廣泛，敎學相長，很多來自報刊的心得。我自天工作，早晚自修，其他休閒時間，便沈浸在讀報與剪貼之中，從閱讀欣賞中，更得到許多無法言傳的妙趣。

多年來，我養成每天讀報的習慣，除閱讀一份全份報紙外，還要瀏覽很多份報紙副刊。每讀到一篇好的文章，便設法把它剪存下來。學校訂有七份報紙，已不算少，爲了搜集剪貼的方便，我便自訂兩份，假日並常到附近圖書館和報攤去涉獵；所以平時我一有時間，便是翻閱各種雜誌和找報、剪報，忙得難有閒空。在這工商業繁榮的現代，一般人都在設法賺錢，把洋酒往酒樽中擺；個人生財無道，只好澹泊明志，把一本本剪貼簿和期刊往破櫃子裏裝。每看到一堆舊報紙，或散張舊報，人家棄之如敝屣，我便像沙裏淘金去發掘寶物。每找到一篇我所喜愛的文章，或難得的資料，就像得到一件寶物似的而興奮不已。尤其是找到多方找不到的過期文章，踏破鐵鞋無覓處，一旦收存到手，更是喜不自勝。而自訂的兩份報紙，常被我剪得大洞小洞破爛不能摺疊，因爲不便賣出，只好隨便送給人家。

我所剪存的範圍，除文藝以外，也兼及國內外大事和各種珍貴資料，長年累積下來，室內常有報紙書刊為滿之患。所幸近年來均能隨剪隨貼，隨時整理。舉凡醫藥衛生、時令節日、偉人軼事、旅遊風光和文藝理論、社論專欄，以及文學掌故、讀書評介等大都分門別類分存數十個卷宗，儼如私人檔案，每有需要，隨意一抽即得。而剪貼方面，專以散文小品為主，將一張張大小不同的剪報，穿插拼湊，各得其宜；並使其藝術化與趣味化，遇有空隙，便配以小型圖案和短文…或山水風光，或美麗人影，或時事插圖，或一則雋語，貼貼補補，色彩繽紛，看來美麗而悅目，極盡編排剪輯之能事。

我每天要翻閱八、九份副刊，先是掃描瀏覽，繼則尋寶獵物，遇到有一讀再讀可資欣賞的佳文，始予決定剪存，通常讀過兩遍以後，再用紅筆圈點標記，寫上報刊和日期，最後才收入剪貼簿。這些擲地有聲的文章，個人認為是精品中之精品，大都被我用紅筆大圈小圈、單鈎雙鈎，或直線紅框，或簡明批註，作上許多記號。每在展讀之餘，大有「天下文章在我家」的滿足感。

俗話說：「貨問三家不吃虧。」我則認為「文看多篇才正確。」有些文學掌故、詩詞成語，和常用詞彙，被大家輾轉引用，言人人殊，莫衷一是，很難得到正確的答案。當我發現一篇文學資料，與同樣引用的作品多篇，經互相比較，或對照原始資料，迨輾轉查證，認為正確以後，才放心使用；多年來的疑難，一旦霍然冰釋，那種「費盡工夫才正確」的成就感，與「他人懂懂我

獨知」的快慰感，實難以筆墨形容。

陶淵明說：「奇文共欣賞，析義相與言。」我每讀到一篇文字雋永、幽默風趣的小品，常在腦海裏縈紆終日，暗自展顏。同時還送給同事們欣賞，並講解給學生們聽，使大家分享文中妙趣，不僅是析義與言，還得到相悅以解的化境。

有些精鍊而有深度的作品，不但文字優美，耐人尋味；一切憂愁苦悶，早已煙消雲散。最受用的，便是在教學疲勞或與學生生氣之餘，閱讀一兩篇輕鬆愉快的散文，內心的不快和身心的疲憊，不覺頓時化除；馬上又走入另一間教室，從容授課，意態自如。

每在情緒低落或心情鬱結時，讀到幾篇勵志的佳文，精神即為之一振，

有人認為快樂的追求，得自物質生活的滿足；但是這種快樂是短暫的，而且樂極容易生悲。

只有讀書，不但可以忘憂，更可以使人積極進取，提昇生活的境界。只有剪貼不但可以增加學識，更可以調劑精神，得到金錢所換不到的快樂。多年來我不敢誇稱手不釋卷；但口袋裏總有看不完的剪報。而這些佳文妙句，便是我半畝方塘中的源頭活水，取之不盡，用之不竭，而妙趣無窮。有人說，喜樂心境，乃健康之靈藥。這種靈藥的妙用，只有做過報迷、書癖的人，才能有此體驗和獲得。

（七十三年六月十日中華日報）

身處深濃雲霧中

（六十三年六月十日中華日報）

山居多年，對季節的遞嬗和氣候的變化，感受非常深刻，也領略許多山居生活的情趣。夏季氣候炎熱，但蟬聲盈耳，清風徐來，一陣山雨過後，暑氣漸消，身心頗有清新涼爽的感覺。多天雖然寒冷，但為期不長，轉眼又是春暖花開的季節，——鳥鳴嚶嚶，草木繁茂，說不盡鳥語花香、竹影松濤的情韻。尤其山區沒有空氣的污染與噪音的侵擾，山居生活，可說是樂趣多多。

不過，造物厚人，給山居人的生活清幽，景色美好；但也有被捉弄與損抑的一面。每當多末春初，尤其在仲春時節，山區多霧，來去匆匆，或深濃、或稀薄、或舒緩、或急遽，來如春夢不多時，去似朝雲無覓處。每當多霧季節，濃霧常和山居人捉迷藏，為了避免濕氣侵襲與增加空氣流通，只好不時開門戶，使人無從防蔽。如果是連天陰雨，霧濃不去，稍不注意，讓大霧闖入室內，那麼，一個夜晚只好睡在雲霧中了。

大霧將來時，往往風起雲湧，天色忽然昏暗，霧氣一層層、一道道，由淡漸濃，由緩趨疾，

只須數分鐘，天似穹廬，大地一片濛昧，遠山近樹，均籠罩在深沉濃霧之中。山居人生活在雲霧裏，不但外出行走不便，連對面交談，也很難看清面目。

有一次，學校在升旗後，正着手檢查學生服裝儀容，起先訓導人員尚可在臺上對全體學生講話，老師們各自分班檢查，忽然大霧從山下飛臨，來勢猛勇急遽，頓時校園隱沒在一片深濃雲霧裏，麥克風裏只能傳出聲音，操場上看不見人頭，檢查儀容的老師，連學生臉孔都看不清，只好暫時停止。

今年（民國七十五年）寒冷季節似乎較往年為長，已經到仲春之末，氣候仍未轉暖。這幾天山區又陰晴不定，雲霧聚散無常。說來也眞是湊巧，昨天（三月二十八日）電力公司宣告整天停電，自來水公司因修理設備通知停水，而老天爺就是不停止施霧，而且瀰漫得特別濃密，好像要把人窒息似的。教室裏一片陰暗，室外一片迷濛，旣無電燈，又無光亮，老師只能講而不能寫，學生也只好用耳而無法用眼了。礙於課程進度，師生又不能不上課，有霧也只好待在教室裏，走廊上只能看到人影，走路稍一不慎，便會撞個滿懷了。

這天下午，我恰好無課，坐在辦公室裏，想趁霧氣稀薄之際，把預定的學生作文批改完畢。好在我的辦公位置，靠近走廊，尚可開窗借光批閱；改了幾本以後，漸覺視線模糊，只好打開全扇窗戶，把作文簿端放在窗檯上站着批改。同事們走過，都勸我何必過於認眞，有傷目力；而我的個性預定要做的事，不能按時做完，總覺放心不下。誰知道濃霧說來就來，改不了幾本，忽然

室外一片迷濛，冷風濕霧，挾着飄浮雨絲，一起迎面襲來；只好連忙收拾簿本縮回屋內，旣無電燈照明，一時白天如同暗夜，無奈之餘，只好待在座位上閉目養神了。

好在霧氣停留不久，一陣山風吹過，又把它轉移陣地；於是我又可以張目遠視，以便調整目力。恰巧手邊正有當天的報紙副刊，首幅是作家張榮彥先生的「愛在山卡裏」，頭一段對於霧的描寫，特別生動深刻。心想我久住山區，對霧的體驗甚深，也曾以霧爲題材，寫過好幾篇文章，但描寫總不夠生動細膩，於是又把它細讀一遍：

「霧，好濃，好濃，不知從哪個山坳湧起，急條地瀰漫開來，像一團團滾動的棉花，在峯巒間飄游。置身霧中，就像佇立濛濛細雨中，潮溶溶、冷颸颸的，只是多了一份淒迷。山中的晨，多牛有霧，霧總給人一種意識朦朧的晦澀，大地總像醒得姍姍來遲。」

讀着，唸着，不知是否霧神有靈，我好像在扮演念符咒一般，不知不覺又把霧給請來了。

起先，我還可以靠近窗戶借光，坐在椅子上看；漸漸必須貼近玻璃站起來讀，霎時間又覺視線朦朧，伸手到窗外，也無法看清了。走廊中、操場上一片濛昧，迷茫間，隱約只望見近旁的一棵柳樹，佝僂着身體，在那裏東西搖晃，沒有一點平時款擺生姿的媚態，更像一位風雨中的老人，和近旁看不見的幾棵龍柏，互相招喊驚叫了。

於是這篇文章，我無法一時讀完，又像剛纔批改作文時一樣，廢然地把身子收回座位上，關起門窗來靜觀天變。回想張文的首段：他形容「濃霧急條地瀰漫開來，像一團團滾動的棉花，

……」我想張先生這段文字，尚不足以形容此時此地來去匆匆的濃霧。我猜想：大概是老天爺有意給我們山居的人開玩笑，讓我們開開眼界（其實只好閉眼），又像把這些乾冰製成的霧氣，收存在一具妙葫蘆裏，鬆緊、快慢自如，濃密、淺淡隨意，特別製造出自然界的迷濛幻象，來表演他的神法似的。

多年山居，不但慣看秋月春風，尤其體驗出風雲的變幻，而對於霧的印象，神思飄忽，愛惡雜陳。霧使我隱身山林，深居簡出，體驗出自然界的神秘，關起門來，可以多讀點書，作一番深思省察的功夫。但霧的來去匆匆，飄游不定，使人無法防範；稍一疏忽門窗，讓濕氣乘虛而入，以致衣物潮濕，生活諸多不便；尤其是久霧滯留不去，數天不敢開門，不但空氣無法暢通，且濕氣往往凝聚成豆大的水珠，沾附在天花板上，望之使人起雞皮疙瘩。因此，每逢這段期間，白天上班，我只好預先關閉門窗，形成「門雖設而常關」的狀態，而下班後亦然，日久成為習慣，變成經常關門了。

可巧，這天看完張文以後，又接讀另一份同天副刊，拜讀亦耕先生的「門」。「門」文大意是說：以前鄉下一般農舍，裏裏外外只有兩道門，即前門和後門，其他房間很少設門，即令前後門也是雖設而常「開」；以致他久住鄉下的聳翁，初來都市，對層層門卡，常要隨手關門，頗不習慣。

「門」文後段說：他每讀陶淵明的「歸去來辭」，對文中「門雖設而常關」一句，頗有疑

問，顯然與他的鄉居經驗不大相應。初則突發奇想，以爲後世傳抄筆誤，把「開」誤寫爲「關」；但細查古本，却無一語提及。後來他爲了心安，找到一項比較合理的解釋，象徵陶淵明歸回田園後「請息交以絕遊」的心情，以資印證而釋疑團。

這兩篇文章，我都是在濃霧來去的空際中讀完，張文觸發我寫本文的動機，而「門」文却使我產生許多聯想：按陶淵明爲東晉潯陽柴桑人，他自彭澤令掛冠歸隱後，一直隱居在他的故鄉柴桑，過着窮困的耕讀生活。柴桑在今江西省九江縣西南，南距避暑勝地廬山不遠，且鄰近鄱陽湖。廬山以多霧著稱，蘇軾的題西林壁嘗謂：「不識廬山眞面目，只緣身在此山中。」乃因身處濃霧之中，看山不識山，卽景有感而發。陶淵明的飲酒詩：「採菊東籬下，悠然見南山。」和他的歸園田居的「種豆南山下，草盛豆苗稀。」詩中的南山，均指廬山而言。陶淵明的「歸去來辭」文中的「門雖設而常關」雖與亦耕先生從前的鄉居經驗不大相應，除「門」文中以「請息交以絕遊」來印證，作象徵性的解釋外，我亦另有補充。

陶淵明自歸隱後，過着自耕自食的生活，個人興之所至，常在自己庭院中瀏覽風景，─「園日涉以成趣，門雖設而常關。」形成一種個人的生活習慣。另外他以隱者的心情，認爲「世與我而相遺，復駕言兮焉求？」同時他還要日出而作──「晨興理荒穢」；日入而息──「帶月荷鋤歸。」他要把門關着，好忙着去幹活；說不定連老婆孩子也跟着一起工作，所以只好常常關門了。

另外我也有一種奇想：是不是他家住廬山之下，廬山以多霧著稱，大霧瀰漫時，聚散無常，穿牖入室，影響他的鄉居生活，乾脆關起門來避霧；就和筆者此時的山居生活一樣，每當大霧來臨時，只好深掩柴扉，把濃霧攔阻在屋外。我想陶淵明的閉戶，說不定與附近廬山的濃霧和鄱陽湖的濕氣有關。

（七十五年四月二十一日臺灣日報）

黑 白 手

本省有句方言叫「喔北港」，我初不明其意義，只知道：「港者，講也。」把「喔北」聽成「阿伯」，以為「喔北港」者，即「阿伯講」之意也。所以每當我與他人談話，遇有意見相左時，人家說我「喔北港」，我並不以為意；反而以為自己佔了點小便宜。因為有些朋友們的孩子，每稱我為「阿伯」；人家說我「阿伯講」，豈不比對方長了一輩？

後來，這句話聽多了，每當聽到有人講「喔北港」時，大都疾言厲色，好像是罵人家的樣子，我才知道這並不是一句好話；但是「喔北」兩字，仍不知其意義，更不知其寫法，當然聽起來並不受用。

前幾年，適逢地方民意代表選舉，報載某位候選人，因為以言論惡意攻擊對方，引起對方的忿怒，要求兩人同往神前「斬雞頭」，請神主持公道，看誰「黑白講」？至此，我才明白原來「喔北港」，就是「黑白講」，乃是以閩南語發音，批評人說話黑白不分、胡說八道的意思。我

暗想：這個語彙倒很有創見，表達也很傳神，使我甚為欣賞。

由「黑白講」，使我對於這雙手，也自創一個新詞，叫做「黑白手」，照字面看來，這「黑白手」三字，並不怎樣風雅，很容易引起誤會：好像在下做事，有些黑白不分，或是昧着良心做黑心事；不過，這裏特別要聲明的：在下可是身家清白，有正當職業，我這雙手從沒有偷雞摸狗，去白拿人家的；也不是白手起家，曾經參加過什麼黑社會組織；而是由於職業關係和個人的生活習慣，使得我這雙手，一天中忽黑忽白，甚至黑白模糊，看來烏漆巴黑的。

一般當老師的，雖手執教鞭，常埋怨自己是吃粉筆灰的。我不但吃了二十多年的粉筆灰，也擦了二十多年的黑板。雖然濫竽教界這麼多年，照理說也應該磨厚了臉皮，來從容施教，沒有什麼好緊張忙碌的；可是，由於個人性急，不但講話較快，而且動作也有些急躁，往往五十分鐘的國文課，一面講一面寫，要連擦好幾次黑板；同時由於個人習慣，寫字較為用力，有時粉筆一寫即斷，弄得滿手都是粉筆灰，連帶沾滿了上衣下褲，活像一個板擦兒。有時雖由值日生擦拭，但由於黑板較高，上面他們搆不上；有些學生嫌我寫字太大力，使他們擦拭不淨；所以我常以「板擦兒」自況，乾脆自寫自擦、一手包辦，也節省學生的時間。下課後，本想趁閒洗手，可是有時山區缺水，自來水不靈光，只好將就下去，十分鐘一晃，又將上課了；所以手上總是沾滿了灰污，難得一時潔淨。

我除了教書以外，無其他副業，亦無特殊嗜好，寄寓山區，無理想活動場所，以資調劑身

心，工作之餘，除散步、品茗以外，便是讀書與閱報。學校已訂有六份報紙，和其他圖書雜誌，已不算少；另外個人還自行另訂兩份，以資補充。每天除固定詳讀一家全份報紙外，其他便是瀏覽各報副刊和專欄。遇有重要資料和優美的文章，隔天便設法把它剪下來。如遇時間匆忙，一天看不完，便留著第二天抽暇詳讀。所以我的講義夾內、口袋中、手提袋裏總離不開報紙；遇有空閒時間便是讀報，手摸的全是白紙黑字，多少年來，從未一日或離。

此外，在早晚上下班前後，我還要利用時間看書。忙來忙去，一天中樓邊匆遽，手上總離不開報紙和書籍。而報紙與書本全是用鉛字排印的；尤其是報紙鉛質較濃，往往翻閱幾份報紙下來，兩手都沾滿了黑污，剛剛洗淨的白手，又漸漸變成黑手了。如果兩個小時不洗手，一手的污髒，不但不敢沾摸其他衣物，更感覺不衛生。所以每隔一兩小時，我便須以肥皂洗手一次；否則手上時白時黑，便會弄得黑白模糊，變成名副其實的「黑白手」了。

俗話說：「雙手萬能，人定勝天。」人類之所以能主宰大自然，控制其他動物，就是因為有一雙萬能的手，善於利用工具，配合靈敏的頭腦，才能創造歷史文化，發揚科學文明。不過，手能為自己和社會人類服務，但也能毀滅人類，奴役他人；甚至以一雙惡毒黑腥的手，做盡傷天害理的事，變成殺人不眨眼的劊子手。等到一旦覺悟下來，才放下屠刀，洗手不幹，重新做人。

回顧我這雙手，雖然時黑時白，但做事從來沒有皂白不分，更沒有做過壞事。從小用這雙手

拿鐮刀割過稻穀，牽着牛繩放過牛，後來讀書時才拿筆寫字。離家後，拿了將近十年的槍桿，但從戎並未投筆。轉業執教後，拿了二十多年的教鞭和粉筆。由於職業關係和個人的生活習慣，一雙手一天中忽白忽黑，仍然樂此不疲，從來不會洗手不幹；這是個人對生活的執着，而引爲快慰的。

（七十三年十二月二十九日商工日報）

刮 鬍 子

一般人常為頭頂上的三千煩惱絲煩惱，剪不盡，理不完，經常跑理髮店，不知耗費多少時間；至於吹風、搽油、梳頭、照鏡子，簡直比女性還要麻煩；所以古人稱它為煩惱絲，不無其中道理。

我除煩惱絲以外，又加上一層煩惱鬍，而後者比前者更覺煩人。頭髮可以半月以上理一次，但鬍鬚非三天修一次不可。如果三天不修面，則滿臉鬍樁，自己可以眼不見為淨，在別人看來，難免面目可憎。要是一星期以上不刮臉，不但講話時看不清口唇，而兩頰又各上一大塊，更自覺不大體面。我非深山裏逃兵，更非嬉皮惡少，那能不修邊幅，站在講臺上，侈談端正禮俗之道。

我因生理上關係，除了鬍鬚較硬、較密、長得快以外，加上兩頰又雜草叢生，使原本可稱道的兩道酒窩，被隱沒不現。刮鬍刀既比不上野火，時間上又等不及春風，所以，修面比理髮更覺

費時費事；但爲了整肅儀容，又不得不耐心修刮，備嘗箇中酸楚。

年輕時候，有時理髮時間長一點，臉上只是塞毛，不修面還可以馬虎過去。等到年過二十五以後，上述那些壓迫情景，漸漸加深。尤其是長些少壯期間，正在接受嚴格的軍事訓練，每逢假日外出，要在走廊上對鏡整容。我常爲臉上鬍髭長得快，鬍影憧憧，被隊職官「刮鬍子」，雖然是自討沒趣，但總於實際無補。爲了這一臉煩惱鬍，不知捱受多少「寃枉」。

在受訓期間，當學生待遇菲薄，買不起刮鬍刀。卽或有錢購置，不但保管收藏不便，而且也沒有充足的時間，讓你從容修面；但我總不能經常「受刮」，而自己仍然要修刮一次。俗話說，窮則變，變則通，我學會了用刀片刮鬍子的本領。只要一片在手，無論上髭下鬍，兩頰鬢毛，甚至左右眼角，都無往而不利，連肥皂泡也不必打。每當放假前，修刮得乾乾淨淨，手摸唇頰，比上理髮店修面，還要清潔溜溜。

我生來是左撇子，除了拿筆和筷子使用右手以外，其他一律使用左手左腳，不但右身使用不便，而且不能著力，踢足球、踢毽子，都使用左腳；打乒乓、投籃球、拿網拍，也都使用左手。雖說「少成若天性，習慣成自然。」只要決心苦練，仍然可以改正過來。

記得初次拿起刀片修面，只是嘗試性質；因爲用空刀片修面，外面沒有護蓋和手柄，使用起來，就像騎着一匹赤膊馬，無法攬彎控韁，更遑論縱橫馳騁。而且使用空刀片，只能向上反刮，不能往下順修；非要練就一手純熟手法，無法操縱自如。所以初修面時，經常弄得皮破血流，不堪其

苦。右手既不便用力，而一手又不能修刮兩邊，必須左右換手，才能向上反刮，涵蓋全部面頰。

經過我一番潛心苦練，忍受破皮裂面的創傷，居然手法精巧，應用自然；較之使用刮鬍刀，更為簡便實用。

像這樣使用空刀片修面，大概有十年的歷史；尤其是在那段住院期間，在病房使用，更為簡便。後來我病癒出院，一位要好的患友，特送我一把刮鬍刀，作為紀念。從此，我擺脫了用空刀片修面的日子，在日常生活上提高了一層。

現在，這把刮鬍刀，仍在手邊使用，已經有二十三年的歷史。原送物的友人，已經失去連絡，但我仍難忘老友的情誼。孩子們準備在父親節時，送我一把電鬍刀，我連稱不必；因為我已經習慣了，還是原物好。看到電視上的廣告，滿臉塗上肥皂泡，我就起雞皮疙瘩。即或用電動修刮，不必再打肥皂泡，仍然沒有現在的方便，所以我還是將原物珍惜使用。

我因為鬍鬚既硬且密，而且又延及兩頰，甚至連耳朵眼兒也有；用一般刮鬍刀，仍然力有未逮。為了減少痛楚，每次在修面前，先用一把小剪刀，將長毛一根一根剪掉，然後再用刮鬍刀修刮，連肥皂泡都不必打，一樣可以手到功成。而且兩鬢間的白髮，照樣可以修刮整齊，較之理髮師的手上功夫，並不遜色。

起先，我兩三天必修面一次，後來因時間關係，感覺這樣太麻煩；於是把時間延為一週一次，待鬍毛長長了，剪起來才變有情趣。如果遇上幾根特特出長硬的，一刀剪去，猶如在森林裏拔

樹鋸榦，攞枯拉朽，把苦事變成樂事。較之上理髮廳修面，既覺省錢省事，而且還可享受一些閒趣。

以前，我也曾偸過懶，把鬍鬚蓄長一些，等到理髮時一次完成；但由於我的鬍髭密而且硬，修刮時，不但被折磨得齜牙咧嘴，更引起理髮小姐的不快：「你的鬍子很不好刮！」言下之意，不是她的熱毛巾、肥皂液沒有浸透，不是她的手藝不夠高明；只怪我的鬍髭太硬，把責任都推到我的身上。我只好裝聾作啞，不言不語，吃些暗虧。

俗話說，吃一次虧，學一次乖。後來，我在理髮前，先將長鬚剪短，只留些鬍鬚碴兒，尤其是上唇肌肉敏感部分，特別費了一番「手腳」。如此一來，修面時就方便多了，也使得理髮小姐省一些事，摸摸我下巴頦說：「你的鬍鬚很好刮，不像別人那樣堅硬！」手也就柔軟多了。其實，她們那裏知道，我是怕挨受她們的嘴刮，也爲了減少一些痛苦，而事先動手刮短了。

現在，我習慣用一把小剪刀，一具舊鬍刀，在每週末修面一次。在鏡中對那些萋萋芳草，尤其是兩頰和下巴部分，一根根修剪，頗學着一些耐性，刮鬍子對我來說，不但不以爲苦，反而有一些樂趣。

（七十一年八月十六日青年戰士報）

第二輯　勵志小品

友　情

我是個好結交朋友的人，經常和朋友通信；由於友情的鼓勵和慰藉，使我渡過那段艱苦的歲月；回想前情，彌足珍貴。

我喜歡收藏友人的信件，無論新知舊雨，每人總要收存一兩封，作爲永久的紀念。每當寂寞無聊，或在歲暮天寒時，我總喜愛翻閱這些珍貴的信件，重溫昔日的友情。

記得當年一個人離家出外，茫茫前路，不知何去何從？在旅途中倍感寂寞。後來碰到兩位老同學，一同棄學從軍，互相勉勵照顧，得以適應軍旅生活。不幸一人中途病重掉隊，生死不明；一人來臺亡故，魂兮縹渺，歲暮悼忠靈，使人格外傷感。

來臺後，由於長官和朋友的鼓勵，考入軍校深造，三年下來，不幸體力漸差；服務部隊未久，即因重病住院。俗話說，好漢只怕病來磨。我纏綿病榻，一拖就是六年。此其間，幸蒙各位摯友精神上的安慰，和物質上的支援，經久不渝；使當時萬念俱灰的我，重燃起生命的火花，再

度邁向人生的坦道；友情之可貴，使人畢生難忘。

俗話說：「貧病知朋友，患難見交情。」當我久受病魔的困阨，好像沒有康復的希望時，這些患難的朋友，不因我的健康無望而拋棄不顧，多次前來病榻慰問，溫暖了我乾涸的心田，鼓舞了我求生的鬥志，病體也好得快了起來。康復出院後，貧愁潦倒，淒涼落魄，他們不但解衣衣我，還助我尋找工作，使我得以就業成家。古人認為：人生得一知己，可以無恨。我承蒙他們的錯愛，得到這多位知己，實在值得安慰。

在住院期間，因為自己病重不能行動，得到許多同室患友的照顧，使我在住院、轉院期間，減少許多生活上的痛苦；同病相憐，患難朋友，最不可忘。轉業執教後，在工作崗位上，又得到許多同事的幫助，增加教學和工作上之方便。復因愛好寫作，認識了許多文壇上的朋友，更收到「以文會友，以友輔仁」的助益。

哲學家尼采曾說：「人而無友，猶生活中無太陽。」但是，我有這多位太陽，給我太多的溫暖；而我對他們有些什麼酬報呢？回顧這半生中，得之於朋友太多，自己付出的太少，說來實在慚愧。年年歲暮，想到一些遠隔天涯，和多年不見面的朋友，使人倍加思念；此刻不能投桃報李，只有常懷一份感激之心罷了。

「在家靠父母，出外靠朋友。」這雖是一句普通話；可是人可以沒有親人，但不能沒有朋友。因為父母不可能呵護你一輩子，一個人不能夠一生在溫室中生活。只有朋友，四海之內，到

處可以交結。如果交結到幾位好友，在學業上可以砥礪切磋，在行爲上可以勸善規過；在事業上可以鼓舞提携；甚至當你苦悶、忿怒時，往往因朋友一句勸解或慰勉的話，可以使你與人和善相處，室家安和；朋友對人生的幫助，實在太重要了。

拿破崙說過：「一位忠心的朋友，好像是菩薩的化身。」一位好友，就像一本好書，當世人都疏遠你時，而他却仍在你的身邊。錢財如糞土，仁義值千金，有很多朋友的人，就像有很多的財富。當你連一個朋友也沒有時，即或有再多的金錢，在心理上仍然寂寞空虛，精神無法充實；所以詩經上說：「嚶其鳴矣，求其友聲。」沒有一個人不希望有很多朋友的。

不過，朋友有損友，有益友：你若結交到一些正直、信實和博學的朋友，你就會改過遷善，砥礪自己的德行，日趨於眞誠完美之境；反之，若是交到一些逢迎不直，工於獻媚，和口辯無實的人做朋友，那就會使你毀德敗行，流於虛僞不實，淺薄無聊，受害勢必無窮。俗話說：「有茶有酒多兄弟，及難何曾見一人。」像那些酒肉朋友，柴米之交，倒不如不交爲好；因爲眞正的友誼，是不該建築在利害條件上面的。

而且，要想得到朋友，先要自己夠朋友。朋友要互相勉勵，互相幫助，推心置腹，眞誠相見；不可只共患難，而不共安樂；更不可光佔朋友的便宜，自己處處要先得利益；因爲你需要朋友，朋友也需要你。有人說得很坦率：「一個被需要的朋友，才是眞正的朋友。」這句話雖然看來太現實，但也是人情之常。

同時，朋友間也要保持一點距離，彼此互相尊重，不可你我不分，過於親暱。很多人往往因

爲一句戲言，或在金錢上發生誤會；以致反目成仇，終成陌路。像古時候的管鮑分財，體諒朋

友；廉藺刎頸，不計宿嫌，是要經過長時間的考驗和培養，才可以達到那份眞情的。

「友情、友情，人人都需要友情。……」這首流行歌曲，可値得提倡，讓我們大家來珍惜友

情，培養友情吧！

（七十一年八月一日中華文藝）

淑女風範

從前，我國人有重男輕女的觀念，要求女子要「三從四德」，甚至近代還有人說：「弱者，妳的名字是女人。」其實，女性在我國社會上，地位仍極崇高；撇開古代的大姜、大任、大姒不說，有了孟母、岳母、歐母和蔣母等偉大母性，才能教養出像孟子、岳飛、歐陽修，和先總統蔣公等古聖先賢和歷史偉人。所以有人說：「推動搖籃的手，就是統治世界的手。」母性的光輝，就像三春的太陽，撫育後代，照耀人寰。

現代社會上，主張男女平等，甚至女重於男。在各種公共場合上，常是男左女右，在選舉法規上尤有婦女保障名額。稱一般女性為夫人或小姐，而一般年輕人，很少有被尊稱為先生的。有人曾誓言「寧為女人」，還有人認為「男人永遠是輸家。」可見現代女性，更為男人所敬重。

女性其所以被人敬重，主要是她們有溫柔良善的婦德，和母性慈愛的光輝。而這種美好的德行，必須從小時候養成。學校教育固然重要，而家庭教育尤不可忽視。所以一個賢慧端莊的女

性，被尊稱爲淑女，如果再有婀娜多姿的身材，即具有內在、外在之美，便成爲一個完善的典型女性。所謂「窈窕淑女，君子好逑」；否則，女性在行爲上不求檢點，多言放蕩，雖具有外在之美，而無賢淑的內涵，就難免被人看輕了。

在古代造字的原理上，女字是象形字，表示拘謹端莊之意。由於「男主外，女主內」之古訓，女孩子被稱爲閨女，而婦人被稱爲主婦。男字是會意字，力田爲男，男人是專管種田的。「男有分，女有歸」是古代社會的型態。

現代由於時代不同，男女平等，女人走出廚房就業的機會較多，不得不和男人一樣地在外面拋頭露面了。一般人的觀念，男人在行爲上稍有放蕩，常被人們所忽略；而女人稍有行爲不檢，反被人們所輕視。這種對女性的要求過嚴，雖然在觀念上有顯著的不平等；但往好的地方設想，毋寧說是對女性的尊重，來得貼切。

常見一般女性在公共場合上，如球類、游泳、田徑賽，和各種職業、社交活動，甚至在政治舞臺上，那種當仁不讓的精神，和竭誠服務的表現，使男性望塵莫及，甘拜下風。所以女人從小被稱爲淑女，品德端莊的女性，被稱爲淑女型，無形中爲男性所敬重。

現在，由於男女社交公開，西風東漸，使得我們的社會習俗，蒙受不良的感染。衣着如迷你裙、裸背裝；舞蹈如迪斯可、熱門舞，使得女士們不再那樣地保守，學得洋化起來。少數女孩子甚至被不良份子所引誘，吸食迷幻藥，注射速賜康，一反過去的溫柔莊重，生活放蕩不羈，而被

戲稱爲十三點、太妹型了。

當然，這只是少數中之少數，大部分的女性，處在今日的社會裏，仍能保持我國女性的傳統美德，相夫敎子，服務人羣，爲社會帶來了安定與繁榮，贏得丈夫、兒女或愛侶的敬重。

一次，我在火車上，看到兩個女孩子，從上車以後，一直就嘮嘮叨叨地不停，引起同車旅客的輕視，甚至有人前往無聊搭話；而後座的兩位小姐，態度莊重自然，或看書看報，或欣賞窗外風景，言語適當，行爲檢點，使同車一般年輕人不敢側目輕視，而生敬畏之心。前者，結婚後難免被人譏爲長舌婦；而後者才是被人敬重的淑女型。

我國素被稱爲禮義之邦，尤重男女之分際。處在今日之社會，男女社交活動，固然公開、平等；但女性總應以保持賢淑端莊的風範爲主。例如：衣着不可過於暴露，言語尤宜小心，舉止適當，體態合時，自然贏得男士的敬重，減少不良份子的覬覦之心；否則，一味崇洋，多言浮躁，衣着暴露，行爲放恣，就難免遭受他人的輕視了。

（七十年七月十五日中華日報）

關心國事

古話說：「秀才不出屋，能知天下事。」

為什麼秀才不出家門，就知道世界的大事呢？因為他們學問淵博，知識豐富，交遊廣闊，觀察敏銳；尤其關心國事，熱愛同胞，讀萬卷書，猶如行萬里路；所以對於事事物物，分析得非常清楚，體驗得精細密切，自然要比一般人識多見廣，勝人一籌了。

三國時蜀相諸葛亮，早在未出茅廬以前，就能算定天下大勢，鼎足三分──「大夢誰先覺，平生我自知。」已經把天下之事瞭如指掌；所以劉備三顧茅廬，一定要把他請出來，以便中興漢室。

宋代范文正公為秀才時，即以天下興亡為己任，他曾說過兩句名言：「先天下之憂而憂，後天下之樂而樂。」顧亭林公也說過：「天下興亡，匹夫有責。」蔡元培先生進而闡述：「讀書不忘救國；救國不忘讀書。」胡適博士告訴讀書人要「眼到、口到、心到、手到。」主張「為學當

如埃及塔，要能博大要能高。」

以上這多位偉大、賢哲，他們的嘉言、寶訓，都是告訴青年人不要讀死書，必須學以致用；尤其要有國家民族觀念，正如先總統 蔣公所訓勉的：「堂堂正正地做人，切切實實地做事。」

他們的言行，為後人敬仰，使讀書人奉為圭臬。

現在時代進步，教育普及，學校林立，一般學生為升學而讀書；只要將來能升學，更上一層樓，自然有良好的前途。因此，對於國內外大事，往往不予注意；有些家庭只看電視連續劇，而不看新聞報導；不但不明瞭國際局勢，連國內外大事與本身利害關係的，也被忽略了。

民國六十六年七月七日范園焱義士駕米格機來歸，這是轟動國內外的大事，臺灣地區高中入學聯考，有些考區的作文題，本來都已擬好，臨時改變以范義士駕機來歸為題材，命題作文，這是一個可考出學生作文的實力，和能隨機應變的題目。

據報載有些考生的作文試卷，寫得密密麻麻，琳瑯滿目，講得頭頭是道；有些考生不明義士駕機來歸的詳情，只是搔耳挖腮，摸不着頭腦；還有些考生，在臨考前夕，為着趕緊準備功課，家長們不准看電視、讀報紙，連投誠義士的姓名都不知道，根本無法下筆；只好雙手摸白紙了。

要知道國者人之積，國民係寄託在國家之內，國家進步強盛，人民才有生存自由可言。處此二十世紀的大時代，國際局勢的變動，都會影響到其他國家的政治與經濟，甚至還會影響到個人的生活，無論士農工商，都應該以國家的利益為前提，以反共抗俄為職志，要愛國就要關心國

事，再不能過着古人那種隱士生活了。

宋儒張橫渠勉勵讀書人，要「爲天地立心，爲生民立命，爲往聖繼絕學，爲萬世開太平。」明人顧憲成有副聯語：「風聲、雨聲、讀書聲、聲聲入耳；家事、國事、天下事、事事關心。」這正是讀書人的好榜樣。

先總統 蔣公會訓示我們：「時代考驗青年；青年創造時代。」敎我們要做一個頂天立地之人，去創造繼往開來之事業，這種期許與厚望，又是何等深切。

這一代的青年，都是在自由復興基地長大，沒有身受日本軍閥的高壓統治，也沒有目擊大陸共匪的血腥暴行，可以說是中華民國有史以來最幸福的一代。由於目前政治環境的自由安定，和經濟建設之繁榮進步，大家都享受到現代化物質文明之成果，過着自由自在的生活，在大有爲政府領導之下，在父母兄姊的照拂之中，竟不知饑寒爲何物。——有溫暖的家庭，有良好的讀書環境，將來更有充分的就業機會，大家實在也太幸運了。

如果拿我們現在所享受到自由幸福的生活，來和大陸青年相比，那他們眞是如隔天壤；難怪有些來臺的反共義士，看到臺北街頭不須憑票排隊，就能自由購物，目爲奇事；因爲只有失去自由的人，才知道自由之可貴。

青年是國家的中堅，青年學生更是國家未來的主人翁。讀書的眞正目的，不是爲個人爭取升官發財的機會，而是要儲備將來爲國家、社會服務的實力。趁此大好時光，我們一方面要聽從師

長的訓誨，努力讀書；更要敦品勵行，關心國事，立定救國救民的大志，在在以國家民族爲前提，以讀書報國爲宏願，堅定反共抗俄必勝的信心，以光復大陸爲職志，身心健全，手腦並用，這才是時代靑年的模範。

（六十七年十二月十五日自強日報）

吟詩起時

翻開若干報紙的社會新聞，常見有不良少年兇殺、鬥毆和結伴滋事的情事，而社會上更常有搶劫、偷竊、和勒索、強暴的新聞。黑道份子，竟私藏槍械，膽敢和公權力挑戰，給社會治安亮起了紅燈，有心人士，早已發出浩歎。

現在政府除加強學校教育外，正鼓勵人們多讀書，充實一般國民精神生活的內涵，培養和樂安詳的氣氛，以造成書香社會。多讀優良的圖書，除增加學識以外，更可以養成青少年中正和平的習性。一個知書達禮的人，自然不會去為非作歹了。

我以為除提倡讀書風氣以外，更要鼓勵人們多吟誦唐詩。詩教的功效，對培養國民優良的德性，既深且遠。有人說，學琴的孩子不會壞。我可以說，學詩的青少年可以變化氣質。詩歌是人類最精鍊的語言，可以言志，可以抒情，更可以修養心性。唐詩宋詞是中國文學的特色，為西洋文學所不及；由於科技的發明，現在坊間有各種詩詞錄音帶發售，買來對照吟哦，學習非常

方便。

現在大家生活水準均已提高，音響、錄影設備、電視機、錄音帶、唱片固可隨意購買；但唐詩却不可不讀。俗話說：「熟讀唐詩三百首，不會吟詩也會吟。」如果一般家庭間，都能購買唐詩錄音帶欣賞，從小培養兒童對詩歌的文詞和韻律發生興趣，暇時收聽吟哦，能自幼注重詩教，勤習詩歌，以培養其真善美的情操，和中正溫厚的德性；而學校裏也編有詩詞教材，接受五育並重的教育，從而因勢利導之，自然可以變化氣質，具有高潔的心靈和優美的生活情操；更可以減少閱讀不良書刊，或走入邪門尋求不正當的刺激。年輕時候，即已養成完善的德性與純潔的心靈，溫文爾雅，允武允文，在社會上自不會作奸犯科，打架滋事。如此，便可根絕不良少年，與減少犯罪記錄。大家都是健全的國民，與大國民的風度，社會上也就和諧進步了。

至於成人們，在這工商業繁榮進步的社會，大家都是緊張忙碌，物質生活固然美好；但心靈生活每感空虛。追逐聲色犬馬，只是借酒澆愁，寂寞空虛，緊張急躁的心情仍然存在；唯有讀詩吟詩，才可使人溫柔敦厚，中正和平，充實心靈世界。往往在欣賞或吟誦古詩中，可以發抒心中的情感，或與古人心起共鳴；因為詩更可使人思想純正，感情真摯，精神和諧、意境優美，經常陶醉在詩歌的領域裏，是一種高尚的休閒享受，工作效率自可提高多了。

所以，我們要發揚中華文化，改善社會風氣，變化個人氣質，和充實空虛的心靈，非多讀古詩與重振詩教精神不爲功。因此，吟唱詩歌，無論對國家、對社會、對個人均有助益；而對兒

童、青少年、成人同樣大有幫助。讓我們一起來讀詩吟詩吧！

（七十三年九月二十六日商工日報）

善用小本子

在一次文藝座談會上，名作家趙滋蕃先生告訴大家：我們要從事寫作，必須隨身携帶一個小本子，說罷，他伸手作掏摸狀。他說：凡是日常所見所聞中，最突出的人事物，都要隨時筆記；而且這個小本子，必須加以整理分類，每週更換一次，蓄積作為寫作的素材；如此經年累月，我們就不怕沒有寫作的材料了。

隨後，我們便討論到寫小說的層次問題，大家一致認為：一篇成功的小說，應先有生動的人物，再由故事加以貫穿；而且內容重於形式，以免流於有文無實的空殼子。要想內容豐富，必須擴充我們的生活經驗，隨時蒐集寫作的材料，而材料的蒐集方法，就靠這種小本子了。

唐代鬼才詩人李賀，他常騎着一匹小驢出遊，遇到想好的詩句，便寫下投入隨身的小囊中；返家後，再加整理，便寫成許多美好的詩章，後人傳為佳話。

西洋作家善用小本子的，更不乏人。

海明威曾說過：「作家的口袋裏，不能離開紙和筆。」他蒐集寫作的材料，當然是靠小本子。

英國名作家斯蒂芬蓀說過：「我的口袋裏，經常帶着兩本書：一本是我最愛讀的書，一本是筆記。」

托爾斯泰最喜歡寫筆記，他說：「我寫的筆記堆積起來，比我的著作還要多，有些材料，從來沒有寫進文章裏，但我已經養成了習慣，非寫不可。」

因為一個人的記憶力有限，要想寫作材料豐富，寫來得心應手，必須平時多加蒐集。大本筆記簿攜帶不便，只有依靠這種小本子了。

我不是什麼作家，但我喜愛文學，有時手癢，也喜歡塗塗抹抹的；因此，我的口袋裏，也離不開紙和筆。我平時除自訂兩份報紙以外，每天還要瀏覽好幾種報紙副刊。看到有好的材料或文章，必須馬上用筆記下，隔天設法把它剪存下來，或到報攤上補購。有些美好的詞句，自己不善運用，便隨時把它記下來，作為鍊字度句的模式。有些不易發現的文學典故，國內外大事，也都在筆記之列。所以我胡謅的一些作品，有時是補綴材料拼湊起來的。

有人說，老年人的特徵有三：第一、是記憶力減退。第二、凡事記不清。第三、說着、說着，自己全忘了。我雖年逾知命，不敢言老；但我頗有類似的健忘症。所以我的小本子，除了蒐

集寫作的材料以外，更是個人日常生活的備忘錄。

我在學校要擔任幾個班級的教學，又兼任行政工作，一天中雜務又多，一個腦筋實在不夠用，這個小本子就幫了我很多忙。

凡是學生提出的問題，當時不易答覆；或是要考證的典故、要查考的字詞；那班要準備平時測驗，那個學生要個別輔導，我都記在小本子上，以便屆時個別處理。

平時私人要辦的事情，要寄出的信件，要購買的書籍，要撰寫的題綱，也都分項記載，以免臨時遺忘。

我在假日外出購物，或出遠門，要辦的事件，前一天就要想出記好，以免臨時事忙遺漏。進商店買東西，總要掏出那個小本子來，才不致有所失誤。

有一次，買了兩樣東西欲出店門，那位店員小姐招徠有術，閒話之餘，硬是要我掏出那個小本子，再檢查看看，有沒有漏買的物品；原來我的生活習慣，她已完全摸清了。

另有一次進城，只見車水馬龍，市聲喧擾，一時思緒紛亂，竟不知要從何種物品買起？臨時摸摸口袋，原來換衣服時，忘記帶小本子來，使我更覺茫然。

「那您可以再想呀！」在身旁的孩子提醒我說。

當時，我只是猛敲腦袋，一時就是想不起來。結果一些小東西大都買好了，而把要辦的要事給忘了，只好下次再跑一趟。

由那次親身的經驗，使我想起韓非子書中的一個故事：從前鄭國有個要買鞋子的人，自己先在家中量好鞋樣，以便屆時照着式樣購買；等到趕往市集後，因忘記帶鞋樣去，硬要再回家拿取；後來因市集散場，終於沒有買到鞋子。

世界上竟有這種不相信自己現成雙腳的人，這雖然是一則「捨本逐末」的寓言故事；然而數千年後，竟應驗到我的頭上，我竟不相信自己現成的腦筋了，可見我也一樣糊塗。

基於自己腦筋如此不管用，多年來我一直帶着一本活頁小本子。遇有開空坐下後，便掏出來逐條檢討，隨辦隨撕；所以做事很少有所差池，更養成做事細密的習慣，就是利用小本子所收到的效果。

我有一位同事，受人之託，忠人之事。人家拜託他代辦的事情，從來沒有誤事或忘記；經探詢結果，他早已有這種小本子了。

所以，要想蒐集寫作材料，增長知識；或是事務繁忙而好健忘的人，不妨採用隨身携帶小本子的辦法，隨時筆記，一定有很好的效果，而辦事更不會失誤，以致產生煩惱。

（七十二年六月一日中國語文）

教然後知困

莊子曰：「吾生也有涯，而知也無涯，以有涯隨無涯，殆已。」我國有五千年的歷史文化，載籍浩瀚，以人生數十年短暫的生命，要想讀完汗牛充棟的古籍，實力有未逮。所以有人認為，讀書貴在專精，要知所選擇，更要講求讀書的方法，以求學以致用。

一般人士，只須求取普通知識，能應付生活所需，便可滿足；各行各業，也只須專門知識即可；而身為教師的，負有「傳道、授業、解惑」的重任，就非要有高深的專業學識不為功；否則，照本宣科，隨課應付，難免誤人子弟，更遑論樹人的大計了。

以當一位國文老師來說，只要取得教師資格，對所授課程，稍加準備，即可上臺施教；可是，要想當一位像樣的國文老師，至少對教學無愧乃心，使學生能有真實的心得，說來頗不簡單。

我國文字深奧，國學艱深，不談篇章結構，即以普通文字的形、音、義而言，能夠徹底了

解，再去教人，實在非下一番功夫不可；而文法學派紛歧，各宗其說，更非有一番通盤的了解；否則，只是人云亦云，言人人殊，勉強應付而已。

教學將近二十年，國文課本內很多篇章，自己差不多都能背誦，應該夠格稱得上「教書匠」；如果真正如一般人所戲稱的，以「匠」自居，變成販賣知識的行業，那便是褻瀆我國歷史文化，更是看輕自己了。

我除充任教職外，別無其他副業，平常以讀書、看報作為個人的進修和消遣，自問對本身工作，尚能勝任。但是，等到一上講臺，打開教本，雖說歷屆都曾教過，甚至沿用舊有教本，應該沒有問題；可是，國文課本常有更新，補充教材，自當隨之變換，且每年教學對象不同，教學方式，當亦隨之改變，要想游双有餘，仍須作充分的準備。往往一個典故，一首詩詞，一句成語，一字音義，只能一知半解，無法明白交代，自慚所知太少，一時頗覺汗顏。

禮記學記篇有云：「學然後知不足，敎然後知困。知不足，然後能自反也；知困，然後能自強也。故曰教學相長也。」從這段話裏，可知學海無涯，愈鑽研愈感自己學識之不足，經過自己走上講臺以後，才知道教學的困難。所以孟子說：「人之患，在好為人師。」俗話說：「活到老，學到老。」要想當一位稱職的老師，為人師表，作育英才，頗不是簡單的事。

古話說：「書到用時方恨少，事非經過不知難。」不但當一位國文老師，對本身的學識與教學方法，要有推陳出新的創見；其他各科老師，亦莫不皆然。由於時代的進步，科技發展，日新

月異，外國人已向太空發展，而我們仍然墨守成規，步人後塵，已經跟不上，何能迎頭趕上，力圖創新？

「知困，然後能自強也。」既然知道自己學識太少，體驗到教學的困難，就應該多多讀書，自強不息。中華文化，歷久彌新，我們應該薪火相傳，以求發揚光大；而科技的發展，尤須特別加強。處此太空競爭時代，惟有謀求科技的發展，才能富國強兵，造福國家社會。

所以，當一位教師，首須充實本科學識，多多讀書，增加生活體驗，庶幾在講臺上，才能從容教學，勝任愉快。既要作經師，又須為人師，以負起「傳道、授業、解惑」的重任。

（七十二年二月七日中華日報）

發揚節儉美德

古代社會的人們，大都講究樸素，生活簡單，不尚奢華；把節儉二字，列為一種美德，千古以來，成為治國興家的明訓；可見節儉觀念，受人們之重視。

一個人如果生活節儉，即可積少成多，由窮人變為有錢的人，甚至可以由貧致富。以此持家，必可改善生活，甚至可以創業興家，繁榮社會，為大眾帶來幸福。

俗話說：「萬丈高樓平地起，萬貫家財分毫聚。」節儉，也就是儲蓄，它本身就是一項財源，而且是致富的秘訣。西人富蘭克林說：「致富的不二法門，就是使你的支出，比你的收入為少。」因此，日常生活用度，能省一錢，便存一錢。積砂成塔，積腋成裘，便成一筆大財產。很多人創業興家，大都從刻苦節儉中得來。平常節省不必要的開支，講究用錢方法，用一錢，有一效，甚至一錢當做兩錢用，把節儉當做一種歲入；時日一久，積小錢而成大錢，由大錢而經營發展，個人經濟基礎，就很可觀了。

節儉雖然是一種美德，可是一般習俗，反而鄙薄它。往往看到許多人家的上代，好不容易從刻苦中興家，等到他們的子弟繼承家業以後，便一反先人的遺緒，生活闊綽奢靡，惡勞好逸，只知花費金錢，不知節省儲蓄，衣食貪圖享受，一擲千金在所不惜，經常不事生產，坐吃山空；以致將祖先多年之創業，盡毀於一二人之手，殊為可惜。

有些人，自己不知節儉，任意揮霍金錢，以為自己有錢，便可隨意花用。看到別人省吃儉用，刻苦興家，却譏笑人家用錢小氣，太過於慳吝鄙嗇，沒有像他那樣地用錢大方，反而輕視人家，這就更不應該了。

不過，節儉的意思，是教我們用錢時當用則用，不當用則省，不是教我們不必用錢，或是太過於吝嗇。好比普通生活水準，日常交際應酬，應該按照一般習俗行事；不可只進不出，或者太過於節省，變成守財奴；這樣一來，人家便會譏諷你太猶太了。

以前在農業社會時代，一般人民生活水準低劣，且因連年戰亂，生活動盪不安；然大家却能以勤儉節約相尚，一粥一飯，常思來處不易，對眼前衣食，大都珍重愛惜。男耕女織，刻苦興家，社會上表現一片純樸和諧的現象。

但自社會型態變遷以後，由農業社會演進到工商業社會，由於國家經濟起飛，社會繁榮進步，一般人們，生活水準也相對提高，此當為良好之現象。復因現在就業賺錢，比從前容易，大家生活舒適，中年人享受社會進步之利益，對勤儉古風，漸感淡薄；尤以一般年輕人，不知老一

輩人們的生活困苦，一反從前節儉純樸的風尚，衣著力求奢華，生活趨向奢靡，有錢隨意揮霍，甚至過於浪費。這情形，看在老一輩人們的眼裏，實在很不習慣。

當然，國家建設進步，社會經濟繁榮，利益為人民所共享；我們沒有理由，不求生活舒適，再過從前那種貧困的日子。但是，人生的目的，不全在貪圖物質生活的享受，對精神生活的提高，亦不可忽視。比如讀書進修，增進自己的知識水準，崇尚倫理道德，發揚中華文化，增產報國，造福地方，更有賴於節約儲蓄。莎士比亞說：「節儉是窮人的財富，富人的智慧。」這財富與智慧的獲得，就有賴於我們國民觀念的改變。如果大家都來發揚節儉的美德，把積存的金錢，投資作國家建設的用途，使我們的工業升級，社會更加繁榮；那麼我們的國家就更加富強，人民的生活環境，也就更加優裕了。

有首流行歌曲裏有幾句唱詞：「多少人流血流汗，大家才有今朝……」大家富裕生活的獲得，還有賴於大有為政府的領導，我們應該感謝國家和政府的德政。古話說：「皮之不存，毛將焉附。」沒有國，那有家，唯有國家富強，國防軍力充實，才能保障人民生命財產的安全。反之，國家不保，自己的財產再多，亦將隨破釜沉舟，趨於幻滅。

因此，我們要富足再富足，繁榮更繁榮，有了足夠的財力，才能配合軍事力量，反攻大陸，光復河山。大家在衣食溫飽之餘，要不忘先人節儉的美德，有錢常想無錢日，戒奢靡，尚節約，把多餘的金錢，儘量儲存下來，以備不時之需。這樣，對國家、對自己都有好處。只有勤勞節

儉，才是致富的大道，幸福的甘泉。節儉二字，不但是個人立業的基礎，更是國家富強的根源。

（七十一年一月十八日中央日報）

王太太的存摺

小王自從認識老張以後，生活便一反常態，從前在公司裏上班，認眞負責，很得總經理的賞識。近月來，他坐在辦公室裏，整天無精打彩，一副魂不守舍的樣子，使得同事們對他另眼相看，猜不透他心頭的死結。

而王太太呢？對丈夫的行動，更生疑慮。從前，一家人和樂融融，生活還算過得去；近月來，他的薪水袋不但不拿回家，甚至還找太太要錢用。

「我那來的錢？你每個月的薪水呢？」王太太再追問說：「還有，從前標會的會款，和每月的加班費，都沒有看到你拿回來，怎麼還找我要錢呢？」

「我那能不救人家的急？」他向太太解釋說：「只怪老張嘛，他太太長期住院，偏偏又被人倒了一筆錢；不然，他那個家便撐不下去了。」

「那你自己的家就不顧了？」

「太太，我那會不顧家，這只是短時間而已。」他理直氣壯地表示：「再說，朋友有通財之義呀！」

每次，他都設法找藉口，反正他沒有錢拿回家，平常垂頭喪氣，好像有重大的心事。

王太太看在夫妻的情份上，只好省吃儉用，暫時向娘家人借貸；直到有一天債權人找上門來，才揭穿他的底蘊。

說起來，都是賭博害了他，他那裏去救老張什麼急；反而被老張拖下水了。

怎麼辦？欠人家的賭債不得不還；否則，就有他好看的。一般親戚朋友，都被他借錢不還，失去信用；而且人家知道他沉溺賭博，現在再也借不到錢了；沒有法子，只好待在家裏乾着急，出外見不得人。

後來，還是夫妻間的感情深厚，又遇着個有錢的丈人，才設法把賭債還清。

「不過，只有這一次，」他岳丈教訓他說：「如果你還要去賭博，我再也不管你了。我的女兒只好接回家來住，死活在你自己了。」

「爸爸，以後如果還是這樣，聽憑你老人家處置好了。」小王也痛加自責，一副懊悔不堪的樣子。

可是，說歸說，做歸做；不久，他便故態復萌了。

像這樣的人，誰還會看得起他。再說，賭博像個無底深淵，再多的錢，也塡不滿這個大漏洞

的。

為了沉溺賭博，他不但毀了自己，也幾乎毀了這個家。現在，他無法向人家借貸，公司裏的工作，也險遭解雇。

王太太弄得焦頭爛額，準備帶着孩子一走了之。幸虧遇着了小王的一位老同學，經過他的開導和規勸，費了一番口舌，才使得小王迷途知返，痛改前非；從此，他決心戒賭了。

俗話說：「浪子回頭金不換。」小王眞的洗手不幹了。他把後山那塊地，雇工開闢，增加生產，緊縮開支，才挽回家庭的經濟危機；三年下來，積存也不少了。這情形看在王太太的眼裏，心裏更加喜悅；於是，她也出外找個工作，平時刻苦興家，暗中把錢積下來，以備不時之需。

他們家中的老屋，也不堪居住了，眼看人家都住新樓房，自己也想買棟新房子；可是，算起來房款仍然不夠。王太太不好意思再向娘家人開口，決心自力更生，想為自己爭一口氣。等到小王又在愁眉不展時，她便開腔了：「那你可以找朋友借呀！」

「我那裏還有朋友，誰還肯借錢給我呀？」他套句西洋人的話很感慨地說：「朋友只有三個⋯⋯老婆、老狗和現鈔。」現在，現鈔缺少了，和狗打交道無濟於事；看來，只有仰仗你這位老妻了！」他說罷兩眼望着太太。

「你現在才知道儲蓄的重要了吧！」王太太揶揄丈夫說：「朋友救急不救貧；再說，你已經對人家缺少信用了。」

「太太，再不要談過去的啦。現在，還缺少了十多萬元；如果妳能湊到這一筆，我們便有新房子住了。」看樣子，他對太太變有信心似的。

王太太看到丈夫眞的在創業興家，而且家道有爲，便從箱籠裏拿出一本存摺給他：「喏，都在這裏，數目總該夠了吧！」她對丈夫的體貼和用心，實在使小王深受感動，做事也更加勤奮了。

現在，他們不但有新房子可住；而且，更有光明的遠景。

（七十二年四月一日達新雜誌第六十二期）

保持沈默的風範

有人說，人長着嘴巴，是要說話的；如果有話不說，憋在心裏，不但難過，而且會悶出病來。

這句話乍聽起來，好像頗有一些道理；但是，又有人說：上帝造人，只塑造一張嘴巴，却長有兩隻眼睛，兩個耳朵，意思是要我們多看、多聽、少講話；如果非講不可的話，應該經過觀察和思考的結果，然後發而爲言，才比較中肯、動聽，也比較有意義。

一個人如果整天絮聒不休，見人便嘮叨不停，不但耗費精神，而且惹人生厭。因爲好話只有那麼幾句，沒有經過大腦思考發出來的語言，雖說不一定全是廢話，可取之句，畢竟不多；所以古人說，言多必失，凡事以少開口爲妙。

還有一些人，自己不多在修身、愼言上下工夫，偏偏好管人家的閑事，常批評別人的不是，總以爲自己所作所爲全是對的，處處在表現自己，壓制別人，往往遭到別人的杯葛，使自己下不

了臺；這正應了我國的一句古語：「是非總爲多開口，煩惱皆因強出頭。」愛出風頭，愛講閒話

的人，一定會招致許多無謂的煩惱。

有人說：「一句話有三十六個角，角角能傷人。」因爲講話的人，只顧到自己要說，不管別

人聽後感覺如何；所謂言者無心，聽者有意，得罪了人，自己還不明白；所以講話時要站穩自己

的立場，也要顧到別人的情面，爲自己着想，也爲他人着想，面面俱到，才不會招致傷人而不自

知的後果；這就是我國的古諺：「病從口入，禍從口出」的註腳。

外國人高斯有句話說：「未出口的言詞，決不會致害。」這句話的意思，就是要我們凡事要

經過腦筋思考，當說則說，不然，只好話到唇邊留半句，或者乾脆不說；因爲無言是談話的最大

藝術，知應言之時者，亦知應默之時。梁實秋先生在雅舍小品裏說：他有位沉默寡言的朋友，有

一次來家拜訪，因爲客人有沉默的習慣，他也陪着守口如瓶，自進門到送別，茶喝三杯，煙抽半

盒，兩人默默相對，彼此不交一語；然而老友敍舊，兩人莫逆於心，一切話語，盡在不言中，眞

是妙人妙事，爲人生中最高尚的生活境界。拉丁人有句諺語說：「保持沉默，別人將以爲你是一

位哲學家。」這種修養功夫，的確非常難得。

孔子說過：「巧言令色，鮮矣仁。」凡是好說討人喜歡的話，裝出討人喜歡的臉色，這種人

很少會有仁心的。在日常生活中，寫出來的字句，可以焚燬廢棄，只有說出來的話語，無法再收

回來。多話的人，往往逞一時之快意，難免暴露自己的弱點，所謂「滿罐搖不響，半罐響叮噹。」

這種人很難受到他人的尊重。

德國有句諺語說：「言語是銀，沉默是金。」說話固然重要，保持沉默更重要，因為忍耐與緘默是誹謗最好的答覆。古時候，在周朝太廟的前面，曾鑄有一個金人，三緘其口，不發一言，在背上寫着字說：「古之慎言人也。」這就是警告世人少說話的好榜樣。

不過，保持沉默，也要有一個沉默自由的環境，生活在自由地區的人，可以有不說話的自由；只要你不作奸犯科，就是你閉臭嘴巴，也無人來干涉你；反觀被關在鐵幕裏的同胞，他們不但沒有說話的自由，連不說話的自由也沒有。在鐵幕地區裏，你想保持沉默，還無法得到哩！

總之：保持沉默，是要人多觀察，多見聞，謹言慎行，多多充實自己；如果見有不平之事，儘可堅持原則，仗義執言；或在會議場中，要求集思廣益，保持沉默是疏忽自己之職責；若是登臺演講，更可以慷慨陳詞，當仁不讓；要是作學術討論，更應該格物致知，窮鑽力研。不過，講話的態度，總要保持君子的風度，尊重自己，也敬重他人；若是逞一時之口快，自以為舌粲蓮花，動輒以言語傷人，這是為智者所不取的。

一個人如果能夠經常保持沉默的風範，多修養自己的品德，充實學問，增廣見聞；等到有機會發言時，往往一語中的，恰如其分，不鳴則已，一鳴驚人，這才是現代青年所應保持的風範。

（六十七年五月三十日南投青年第一一八期）

飯桌上的沈思

我因腸胃欠佳，對於飲食，養成定時定量的習慣。如果飯吃多了，消化不良肚子脹；吃少了，不久又會饑餓；所以每日三餐，大都只好八成飽。本來，「瞎子吃湯圓，自己心裏有數。」

平常，我大都能暗自記住飲食份量，不會過多或過少；但是有時候與家人談話，談得高興的時候，往往忘記自己吃過幾碗飯；所以我常詢問妻兒，我到底吃下多少？常常引起笑料。

有時候，在飯桌上沒有與家人交談，也會忘記自己的食量，並不是自己腦筋缺乏記憶能力，而是我常在飯桌上陷入一片沈思中。不但在家中如此，有時在外參加友人的喜宴，或公家的餐敍，或在朋友家作客，也都有如此現象。

我是在農村中長大，中國人的傳統，一向節儉，而當時大家生活水準都不高，一日三餐總是先求把肚子填飽，而營養居次，從小就養成「吃飯」的習慣。平常在家，我可以按照自己的飲食習慣，自由進餐；偏偏現在的宴會，大都只有酒荣，而無飯食。怕餓的，可以多吃兩片麵點充

饑。有的宴會，連這些點綴食品，也乾脆免了。不過，有些飯館好像眞賣飯，每當酒荣闌珊之餘，常有侍者問誰是「要飯的」？本來，我盛裝赴宴，或花錢送禮，或參加餐敍，却往往變成「要飯的人」！

現在，由於國內經濟成長快速，民生富庶，社會安和，人民生活水準提高，大家都在飲食上貪圖享受。根據報載：只是七十二年一年，臺北市就增開五百三十一家飯店，消費二百一十億的吃錢；七十二年七月至七十三年六月，臺北市餐飲業的營業額爲一百三十二億八千一百萬元，這筆吃掉的錢，可以造一條南北高速公路；至於全省餐飲業的耗費，數字更爲驚人。

本來，人民豐衣足食，足以表現經濟的發展和國力的充實；但如不求節制，則將腐蝕經濟，影響國力，戕賊人心。有錢固大可以享受，我們沒有理由，再過從前的苦日子；但是國人目前的飲食，已經到了奢侈浪費的地步。一般人飲宴無度，表現出一副暴發戶的心態。這一代的年輕人，生活在經濟繁榮而安定的社會，不知饑寒、戰亂爲何物，成人們經常油膩肥鮮，山珍海味，吃得大腹便便；而兒童們鷄鴨魚肉吃膩了，一般人「灌」人家的啤酒，好像是不花錢的白水。一般高級宴會，不僅是所謂滿漢全席，甚至有人喝白蘭地像喝汽水一樣，端起碗來不想吃飯。一盤只動過幾下筷子的大餐，吃不完乾脆倒掉，使社會習於浮華，飲食日趨奢侈。

我是一名普通公敎人員，沒有參加過高級宴會；但也免不了參加一般喜宴或餐敍，常以參加「有謂應酬」爲苦。宴席間，往往陪着枯坐一兩小時，不能脫身又陷入沉思中。我不善杯中物，

固非滴酒不沾；但只有一小杯飲量。人家向我敬酒，我只能舉杯沾唇；我不能向人家回敬，只好連聲陪罪。滿桌佳餚美味，我也只是每樣動動筷子，總想找碗飯來吃。我這樣做，並非自視甚高、自抬身價；也不是有意模仿古人，像晉代何曾那樣：「日食萬錢，猶曰無下箸處。」而是自己腸胃牙齒欠佳，美味無法享受；同時自覺日常飲食，已夠營養，不必再大吃大喝，增多膽固醇，致罹重疾，而時間的浪費，更是一項損失。

一般基督教徒，在進餐前必禱告謝恩，感謝上帝的賜食。我常常在飯桌上告訴孩子們，這頓飯得來不易，應該說謝謝大家。回憶在抗戰期間，一般鄉村人民，菜裏面不但見不到油膩葷腥，連鹽巴也沒得放。飯碗裏有挑不完的穀子和砂粒，三餐只想填飽肚皮，那裏還談什麼營養？小孩子如果有一粒米飯掉在地上，大人們必喝令撿起吞下，大家都遵守「一粥一飯，當思來處不易」的古訓；那裏像現在一般的孩子，飽食煖衣，驕生慣養，不愁吃，不愁穿；甚至喜歡挑嘴、偏食，動輒這不吃，那不吃，而吃起蘋果來，就像我兒時哨生蘿蔔、生蕃薯一樣。就因為像這樣在飯桌上想多了、講多了，常使我忘記自己的飯量。

現在兩個孩子，已出外讀書，妻在晚飯時，捨不得放棄電視節目。我一個人有時面對着一大桌菜餚，自感飲食未免「過福」；因此，常使我陷入沉思中，甚至有食不下嚥之感。我想起了大陸上的苦難同胞，饑寒交迫，求生不得，求死不能；想起了衣索匹亞的餓莩，嗷嗷待哺的慘景，想起了泰越邊境難民逃生的苦況，想起了黎巴嫩的戰亂，和兩伊戰爭的胡鬧，……而我們反共復

國的大業，擔子比別人更重呢！

從前，春秋時代的潁考叔，接受鄭莊公的賜食，席間捨不得吃肉，請求帶回孝敬母親；因此感動了莊公，母子得再團圓。

宋代歐陽修的父親歐陽觀，逢年過節，常會痛哭流涕：「以前吃不飽，現在衣食有餘，卻又來不及奉養母親。」他每次嘗到美味，總是想起母親。

我的母親，是一位平凡的女性；但愛子之心，超過一般母親。她爲我小時多病，從此許願吃素。打從我有記憶時起，從未見母親吃過一塊魚肉。每頓吃飯時，總是端着一碗素菜，在我和父親的餐桌旁孤單進食，一生未享受到一點口福。此情此景和愛子素食的恩德，使我終身感念難忘。

我離家時，丟下母親一人在家，乏人奉養。近年輾轉得知罹耗，母親早已去世，喪事係由一位房叔代爲料理。不孝之罪，慘痛莫名，尤其在一人進食之時。

我常交代妻，在兩人進餐時，最多三菜一湯，餐桌上只要有點葷腥即可，不必過於講究。像這樣的白米飯，以前不要菜就可扒下幾碗；如果大家都能知福惜福，節省浪費，則國家社會將更爲強盛富裕了。

（七十四年四月二十五日臺灣日報）

不為姓名煩惱

前讀那宗訓先生大文——「姓的煩惱」，不覺深有同感：我不但「姓」有煩惱，而「名」的煩惱尤多；不過，我已習以為常，不為姓名煩惱。

那先生的尊姓「那」字，應讀國語第一聲「ㄋㄚ」；但多數人都把它讀成第三聲「ㄋㄚˇ」，或第四聲「ㄋㄚˋ」的；使得那先生應也不是，不應也不是，好生為難。

由於讀音錯誤，連帶有人把他寫成「挪先生」、「拿先生」，甚至「納先生」的；更由於字形的誤認，有人把他寫成「邢先生」「郇先生」；甚至還有人當面問他：「你不是姓『邢』嗎？怎麼會姓『那』呢？」世界上居然有人否定別人的姓氏，您說那先生煩不煩？

且說在下——「柴世彝」，姓名中除世字以外，其他「柴」「彝」二字，常使人混淆不清，錯認誤寫，也曾造成我的煩惱。

照說，「柴」是一個很普通的字，國小初年級的學生都認識，您沒有用過「火柴」嗎？可是

偏偏有人認爲我姓「紫」，不姓「柴」。我常收到寫給「紫××」的信件，那只是一些不認識的朋友，或外地寄來的書刊，「柴」、「紫」錯寫，情有可原；可是竟有和我共事多年的同事，雖口稱「柴老師」，却在黑板或簿本上寫成「紫老師」的，且屢見不鮮。

每當我初敎一個班級的作文，敎學生在簿本上先寫好老師的姓名時，因爲有多年學生錯寫我姓氏的經驗，我特別聲明我姓「柴」，不姓「紫」，並把我的姓名「柴世彝」三個字用大字寫在黑板上，請他們不要寫錯，並且再鄭重叮嚀一次；可是收回的簿本上，仍然有把我寫成姓「紫」的。我不知道在心理學上究竟作何解釋，爲甚麼一個筆畫簡單的「柴」字，總會有人誤認或錯寫成筆畫較多的「紫」字呢？如果說是懷疑有人姓「柴」，難道說一定有人姓「紫」嗎？

寫在簿本上、信封上看的人比較少，可是我的筆名「柴扉」，常被排成「紫扉」。紫扉就紫扉吧，反正是筆名不是姓名，錯一兩次沒有關係；可是等到寄來的稿費單，也有把收款人寫成「紫××」，使我在郵局兌不來稿費，經過幾番周折以後，才把它領到手，增加很多無謂的麻煩。

每年老師們要奉派參加作文比賽，十多年以前我好不容易在縣內得到中學敎師組作文第一名，先是報紙上把我的名字排錯；事隔數月，當我再參加省賽，得到全省中學敎師組作文第三名時，報紙上却把我排成「紫××」；我不知是發稿人的筆誤，還是檢字先生的誤植。

我與新朋友見面、互通姓名時，必須費上一番脣舌，才能使對方明瞭。出外辦理公私事務，

要填寫姓名時，竟有人嫌我是怪姓，一臉的不屑。

「怎麼是怪姓呢？你才少見多怪哩！」我想：我姓柴的——柴、瞿、閻、充——可是載在「百家姓」上的。大概你沒有讀過「百家姓」吧！如果翻開古籍和歷史來看：遠代祖先不談，柴氏乃出自孔門弟子高柴之後，論語上「柴也愚，參也魯，……」即爲明證。漢代有位柴武，高祖封爲棘蒲侯。唐有柴紹，佐太宗平定天下。五代時後周皇帝周世宗，就是姓柴。宋太祖的陳橋兵變，黃袍加身，就是奪自柴家的天下；所以他在臨終時，遺命其後代，不殺柴氏子孫。姓柴的不但當過皇帝，而且贏得下代皇帝的尊重，你能說是怪姓嗎？

而且，後周時代「柴窰」中的「雨過天靑」瓷，一向被收藏家引爲至寶。——「雨過天靑雲破處，這般顏色做將來」，正是周世宗柴榮的御批飭造；可惜有人不明其出處，竟有被誤用爲雨過天「睛」的。

「柴」字國語本讀「ㄔㄞˊ」，與「豺」、「儕」同音；但一般人都誤讀普通音爲「ㄘㄞ」；所以我曾接到寫給「才老師」或「裁老師」的信件，連帶的由於讀音誤爲相近，更有人誤認我爲姓「蔡」的。再不然就是字形的誤認，把我寫成姓「梁」的。好好的一個簡單的「柴」字不寫，竟然生出這麼多變化來。

前些時有一份剛創刊的報紙型雜誌，不知道爲何如此看得起我：在同一天同一班信，我竟收到同期刊物四份。封面名條上的姓名地址，大約有三四種筆法，地址和名字雖稍有不同；所幸姓

氏沒有寫錯，眞是阿彌陀佛！

談到我的名字「世彝」的「彝」字，讀爲「怡」，在字典上正寫是十八畫，並不難寫，而且中小學課本上時有出現。「彝」是古代宗廟的重器，蓋罇罍彝俎豆之屬。又作倫常講，如「彝倫攸敍」見書經。鼎、彝同爲我國古代傳國的寶物，故宮博物院早有收藏。一般人不但不辨識「彝」字的音義，連帶的寫法也錯誤百出。本來這個字有正寫、俗寫之別，除掉中間左旁的「米」以外，可說是變化多端；但變化中仍須約定俗成，不可隨意書寫。一般人因爲初寫，平常缺少考究，常被寫成四不像；如果不與我的姓氏排在一起，究不知所寫何字。

「彝」，在一般報社與印刷廠的鉛字上，大都爲正寫十八畫的「彝」與俗寫十六畫的「彜」，其他字形也有，但少出現；而一般打字鍵盤上竟然沒有這個字。在我接到的打字稿中，這個「彝」字常被臨時手寫添湊，字形殊少正確；甚至被改作華、筆或其他形體扁長的字。稅捐處給我的房屋稅通知單，臨時被添作「柴世×」字形好像又不像；後來索性不添，把我改作單名「柴世」，着我持此繳稅。我曾親往稅捐處理論，得到的答覆是打字時找不出這個字，字模要到日本去買。我聽後不禁感慨萬千，中國字要到外國買字模，而我這個「彝」字好像還是稅捐處費神老遠從日本買回來的。「柴世彝」三字的繳費通知單，至此才算名正言順了；；不過，最近我仍然收到在打字名條的封套上，有寄給單名「柴世」的書刊，名字仍然被改正了，使人啼笑皆非。

為着這個名字難寫，與人解釋不清，我自己填寫表報時，對於自己的姓名，從來一筆不苟；

不但表報是如此，連寫信及一般簽名亦復如是。遇着需要由他人動筆時，我乾脆掏出自己的身分證或名片，以免被人寫錯；可是當他們照寫時，仍然皺起眉頭，常有被寫錯的，我只好越俎代庖，或再費一番唇舌。

朋友們寫給我的信件，為着怕名字寫錯，有人乾脆寫我的筆名「柴扉」比較省事，信件仍可收到；但也有報刊給我的通知，不寫柴扉而寫「柴蘸」的。在團體生活中，常有選舉甚麼代表、委員之類，往往要記名投票，人家因為我這名字難寫，乾脆不寫，於是落選的機會很多。雖然失掉一些服務的機會；但也躲過一些麻煩。

俗話說：「大丈夫行不改名，坐不改姓。」姓氏是祖先傳下的，誰也不願意被改。姓牛的先生被喊稱「老牛」，仍然樂於答應；姓老的小妞兒你稱她「老小姐」，她也不能抗議。「兵」先生的太太姓「買」，名叫「冰」，冠上夫姓，稱為「兵買冰」；同樣「親」太太本姓「家」，單名「妹」，冠上夫姓後，變成「親家妹」；其他如「苟先生」、「蟻小姐」、姓鬱、姓虁、姓乜、姓刁，大都習以為常，有誰埋怨他的姓氏不好呢？

我常以姓柴為榮，（事實上，後周皇帝周世宗，就是姓柴名榮）因為柴姓少見，減少許多同姓同名的麻煩。而名字「世彝」二字，是我的啟蒙恩師給我取的。為着不忘恩師的教誨——「作為一世的鼎彝」；雖然字形難寫，而自己又沒有甚麼成就，究竟找不出同名的人，所以我仍然非

常喜愛。

在「百家姓」中，雖然只有四百九十七個姓氏；但據統計全國姓氏共有六千三百六十三個，臺灣地區就有一千六百九十四姓。姓氏之奇，無奇不有，誰也不能說誰是怪姓，只是各姓人多人少而已。因爲大家給孩子取名時，盡挑些好字眼來用，男的如「英、雄、豪、傑」；女的如「珍、美、麗、娟」；所以張、李、陳、黃諸氏，同名同姓的實在太多，給大家添上許多麻煩。我們的祖先們想到這一點，便先挑一個比較新奇少見的字作爲姓氏，以免後代子孫姓名，容易與人雷同，這是祖先的德澤。人家好不容易有這個稍微少見的姓，減少雷同的名，自己都不嫌麻煩，您不應該奇怪、責難才對！

（七十三年八月一日中國語文）

第三輯　往日情懷

一球中的

人到中年，少年時代的豪興，顯已銳減；教學之餘，除了看看書和散步以外，簡直缺少運動。不久以前，學校舉行一次教職員球類賽，我被編入籃球組，非參加不行。

有位同事向我打趣說：「老柴，你也來打籃球，懂不懂得籃球規矩啊？」我不服氣地說：「想當年，本人也是球場健將；而且，還有過光榮的記錄咧！不信，你等着瞧吧！」我向他來個下馬威。

本來，好漢不提當年勇；可是，這句話一出口，却使我陷入記憶的深淵。

我是在抗戰期間長大的，那時候，在鄉村裏讀中小學，不但沒有課外讀物可買，連課本有時還要自行抄寫，校舍是借用祠堂或廟宇；至於籃、足球，我在讀小學時，根本還沒有見過。

俗話說，窮則變，變則通。我們這些小學生，懂得克難創造，自己利用棕布捆包石子，當做足球踢，包得大的，和現在的足球相比，小不到多少；但踢起來仍然有彈性，那是當時我們惟一

一。

的球類運動。

由於硬球踢久了，大家都練成一雙鐵脚。我經常是守二門大將，在班上是足球四大金剛之

等到進中學以後，才見到眞正的籃、足球，由於打籃球比踢足球看來新穎，我便捨足球而常

練籃球。因爲我對球類運動，過去有點根基，後來對籃球球藝，成績也不算壞。

在二年級時，全校舉行一次班際籃球比賽，各班競爭劇烈，先後被淘汰很多；剩下本班和三

年級某班爭奪冠軍戰。當時，我是本班選手之一，經過連場苦戰，大家後勁仍然十足。

這次比賽，預定爲時一週，因爲冠軍爭奪戰，雙方兩次平手，難分勝負，便順延兩天。比賽

時間，都安排在下午舉行，看球賽的同學，全校一千多人，都圍在四週看臺之上，擠得人山人

海，都爭看這場壓軸戲到底鹿死誰手？看來緊張刺激。

記得最後一場，二、三年級球隊，比數仍然先後拉平；雙方都使出混身解數，準備一決雌

雄，戰況非常緊張。時間一分一秒地過去，這場拉鋸戰，在最後兩分鐘時，仍然是十比十不分上

下。各年級的啦啦隊，都撕破嗓門，甚至指名大喊加油。我也是被看好之一，雖然略有表現，但

仍然掙分不多。大家心裏非常緊張，認爲這一場絕對輸不得。

快要終場了，雖然雙方不分上下；但彼隊仍然士氣如虹，攻勢凌厲，而我却想拖延時間，

準備下場再戰。就在這緊要關頭，彼隊的一位球員，被判犯規；由我方罰中球射籃。他們認爲我

投籃準確，推舉我罰射中球，恰巧時間快到了，我拿起球來，心神不定；偏偏在這時候，全場又鴉雀無聲，一千多雙眼睛，都集中在我的手上。當時我的心跳得很厲害，全身血液賁張，好像是面臨生死關頭，認爲這一球非同小可，大有扭轉乾坤的態勢，覺得太重要了。

然而，我不能有負衆望，更不能給本班洩氣；於是我略一定神，說時遲，那時快，只見我左脚往後一鈎，兩手用力撐球，颼的一聲，一球剛好射進籃心，簡直像空心投進的。

當裁判一揚手，報告我隊得一分時，全場掌聲雷動，歷久不歇。剛好時間已到，我隊終於以十一比十，奪得冠軍。全班同學，把我擡得高高的，頓時間，我變成了一位戰勝英雄，眞是不亦快哉！

因爲我一球中的，爲本班爭回了面子；於是我被擢升爲本班球隊長，直到畢業。

（七十一年三月十一日中華日報）

烽火親情

我小時候，生長在農村，沒有見過大世面，天地之大，宇宙之宏，只是坐井觀天；等到讀完中學後，才明瞭一些外界事務，總想出來闖闖，一則可以實現從軍報國的宿志，另外也是想開開眼界。可是，由於家中父母年邁，和其他各種因素，始終無法得償宿願，在心理上是一種鬱積和苦悶。

我是在抗戰期間長大的，當時後方同胞，對日寇的侵略，莫不義憤塡膺。老師們教導我們：要想救亡圖存，惟有從軍報國；並常講述古代「汪踦殺敵」、「馬革裹屍」和「班超投筆」等故事來激勵我們。當時故鄉又不時有大軍過境，厲兵秣馬，大家都在準備焦土抗戰。老百姓也都被組織起來，參加救亡圖存的行列。有一位國軍排長，駐地就在我家附近，後來他移防以後，開往前線作戰，經常和我通信連絡，告訴我許多抗日殺敵，慷慨悲歌的英勇事蹟。我受了老師的教導和朋友的薰陶，眼看到河山的破碎，在我幼小的心靈中，就立下從軍報國的壯志。

民國三十三年冬季，先總統　蔣公「十萬青年十萬軍」的偉大號召，當時我尚年幼，無法響應成行；而且父老母病，家中乏人照顧，一顆報國的赤忱，只好隱埋心底。

民國三十七年年底，故鄉陷入匪手，當時我正在外地讀書；共匪初來時，由於局勢無法控制，對老百姓偽裝笑臉，誘騙一些知識分子返鄉度歲。我也在遊子思鄉的情形下，被騙回家過年。

當時一般人，對共匪的籠絡，都存着觀望和幻想態度，希望能安居樂業，重過太平的日子。

我因為在縣城讀書，經常閱讀報紙，也曾讀過三民主義的原著；加之學校的老師，常作時事分析與匪情報導，得知共匪在外省實行清算鬥爭的暴行，對共匪禍國殃民的本來面目，早已認識清楚；只因為母親病重，不得不冒險回家。

當時正是徐蚌會戰、軍事失利之際，國家局勢極不穩定，盤據在鄉村的股匪，毒焰逐漸囂張。果然，在度過元宵節以後，地方已被匪軍控制，匪幹以「支援解放軍過境」為名，大肆派糧派款，橫徵暴歛，馬上擺出一副猙獰面目，終於露出狐狸尾巴來了。

我家因為祖先薄置產業，在地方上向被稱為有錢人家，父親去世後，母親年老多病，家中人丁單寡，無法離家外出。直到共匪收拾笑臉，在地方上抓人拷打以後，而且不斷派糧派款，而我家中被派糧款又多，根本無法交出。看情形，勢難逃過毒刑苦打的命運。這時候，才真正感覺到事態的嚴重。

不久，鄰近的幾個鄉鎮，已開始「清算、鬥爭」，很多地方士紳和殷實富戶，都被逼打致

死。一般老百姓不但不能安居樂業，甚至根本活不下去。這時候，大家才看出共匪的狠毒，便開始惶恐緊張了。

我呢？我該怎麼辦？被派這麼多糧款，怎麼能交得出來？逃跑嗎？丟下她，於心何忍？再去讀書嗎？那來的學費？找親戚朋友幫忙嗎？大家也都自顧不暇，那能顧到別人？母子兩人，相依為命，抱頭痛哭過好幾次，始終想不出妥善的辦法來。

最後，還是母親哽咽地訓勉我說：「我看，你還是……趕緊……逃跑吧！不然，待在家裏……也會被逼死的！」她的話幾乎是一個字一個字，從無可奈何的淚光中，從皤皤白髮下，從乾癟的嘴唇邊，吃力地、慢慢地吐出來的。

我聽在耳裏，看在眼中，真是寸心如割，忙說：「那您怎麼辦？我能丟下您不顧嗎？」

「我已經是風燭殘年了，再能活到幾時呀！」她意味深長地表示：「在這個瘋狂的世界裏，你能守在床邊為我送終嗎？再說，你如果被抓去鬥爭，我能救得到你嗎？」

「……」我無言以對，很久默不作聲。

「我的事你不要管了，通知你姊姊一聲就好了。」她揮着淚肯定地說：「與其母子不能互保，不如你收拾東西，趕快逃跑吧！」我知道：她的話是經過一番痛苦的掙扎，才做這樣決定的。

在整個下午，我環顧這個破碎的家，看到日薄西山的老母，內心非常的矛盾，實在下不定決

心。

最後，還是聽從母親的指示，決定在天明前化裝離家。

當時，我滿以為等到時局靖平後，再回家奉養老母；但心中老是默念着：「風蕭蕭兮易水寒，壯士一去兮不復還。」心想：「我不知道什麼時候，再能回到家鄉，看到垂老的母親呀！」

古人說：「悲莫悲兮生別離！」何況是時亂年荒，漂萍無定？我把家中僅有的幾塊現大洋，送了兩塊給母親作為安家費用，懷着一顆沉痛的心，泣別了母親，經過姊姊家後，便走向茫茫的人海中，去尋找前程了。

從軍後，隨着部隊行動，衣食無憂，得以實現從軍報國的初衷；設非為當時情勢所逼，恐不會提早實現。但每想起拜別老母時的悲傷情狀，這一幅母子泣別圖，極人世悽慘之境，夜間便常作思鄉的噩夢。真不知離家後，母親如何應付匪軍的需索；重病未癒，又有誰來奉養？思念及此，只有空自悲傷！因此，我總想探知家鄉的音訊；但又怕得知母親不幸的消息，心中既矛盾而又憂傷極了。

您悠往事三十四年，人世滄桑，河山變色，每次想到我那存亡未卜的老母，內心至為傷痛。

唉！我不知何年何月再能和母親相見。

（七十二年八月一日中國文選）

薄暮驚魂

世界上到底有沒有鬼？到現在，還是一個難以解答的問題。如果說有鬼？鬼住在甚麼地方？

鬼是個甚麼樣子？你可不可以抓個鬼給我們看看？所以古人說，畫鬼容易畫人難；因為人畫得像不像，有真實的生態可以比較，而鬼無一定的形象，只好畫甚麼都可以說是鬼了。

如果說，世界上真沒有鬼，有些地方硬是活鬼叫出，幽靈顯聖，人們繪聲繪影，說得使你不得不相信。因此，大家似乎又不敢肯定地說，世界上沒有鬼了。就連至聖如孔子者，也不敢隨便談論「怪力亂神」，甚至說：「敬鬼神而遠之。」所以鬼之為物，真是神鬼莫測，信之則有，不信則無，只好信不信由你了。

我小時候住在鄉下，人們閒聊時，遇到無話題可說，總喜歡談論鬼故事。常有人把自己看到鬼的形象，加油添醋，活生生地抖露出來。有人說，鬼沒有頭；有人說，鬼只是一陣陰風；還有人說，鬼不但頭髮、牙齒很長，而手部指甲更長；甚至更有人說，人死後經久不葬，吸收日精月

華，久了會變成「人精」，餓鬼可以起來抓人吃；這樣言人人殊，只是沒有人看到「鬼打架」罷了。

大人們談鬼時，談得有聲有色，不但說晚間有鬼出現，連白天也可以活見鬼。嚇得我們小孩子們，不但白天聽到汗毛直豎，遍身起雞皮疙瘩；晚上更不敢看黑暗的地方，睡覺時只好用被子蒙着頭，生怕晚上鬼會出來掯人，豈不死得寃枉！

因為小時候，我聽過的鬼故事太多，又因為自己有過一次「活見鬼」，被嚇得昏了過去，所以小時候比別人更為怕鬼；直到長大從軍以後，因為手上拿了枝槍，才不再怕鬼了。

在我的故鄉習俗上：人死後雖然蓋棺論定，但不馬上安葬，必須停柩在外一段時間以後，才擇地入土。一般死人睡的棺木，都非常堅固耐用，甚至入土數十年，仍然油漆不蝕。一般人去世，先經家人請法師超渡後，因為墓地要注重風水，不能草率安葬。在請地理師覓地「趕龍」期間，只好停棺郊外，時間長短不一，短則一兩年，長則三五年不等。

停棺的地方，大都在住屋附近的山丘或荒地，除疏通地面流水外，上面覆以樹枝稻草，逢年過節，按時前往祭拜。這種臨時停棺的地方，俗稱為「柩基」。有時候，一個大村莊附近，人死後久未安葬，集中停柩在一起，舊去新來，往往多達二三十具以上。白天經過此地，心中難免不自在，要是晚上看到，就有些怕人了。

在一般人的談論中，說人死後久停在「柩基」裏，如文前所述，屍體吸收日月精光和天地元

氣，便會成爲「人精」。「人精」的形象是皮厚骨粗，毛髮、指甲瘦長，儼然就是一具活骷髏。他們會饑餓時，晚上會起來抓人吃，吃飽後又返回「樞基」歇息。說來生動活現，使人毛骨悚然，不寒而慄。

我讀小學的時候，學校就在距離家中約五公里的一座古廟裏，而在家中與學校之間的一座大山窪中，就停放着很多具「樞基」。一些大孩子們常編一些在此地看到的鬼故事，來嚇唬我們；所以我們經過此地，大都戒懼恐懼，眼瞪心跳，不敢大意。當時學生大都寄宿在校，星期六下午才回家。回家時因爲人多可以壯膽，沒有甚麼好怕的；只是上學時，我們只有三位小朋友，勢力微薄，必須結伴而行，就像當年水滸傳裏景陽崗有虎傷人一樣，太黑了不敢經過；因爲傳說中，鬼都是在晚上出來抓人，所以必須在日落前趕回學校。

有一次，大概是活該有事。另外兩位小朋友，因爲家中有喜事，必須請假一天，我只好一個人硬着頭皮上學校。當時正是隆冬季節，天色本來黑得早，山頭早已看不見太陽，四週一片陰暗，夜幕逐漸低垂，附近聽到烏鴉叫；加之寒風怒號，樹影飄搖，景象陰森得怕人，活像是有鬼的天氣。

我尚未經過此地，心中早已害怕起來，打算經過那道窄徑，快接近「樞基」時，便一躍而過，抱頭快跑。所以剛走近時，爲着給自己壯膽，便故意大咳兩聲，來嚇唬那些幽靈，表示我並不是怕鬼的人。

誰知道不咳猶可，這一咳竟把鬼給咳出來了。忽然一陣陰風吹過，只見頭上一道黑影，嘎咕有聲，向我飛撲而來。我不知道當時他們是怎樣來揹我的，一時人便昏倒在地，一切聽其所為。

等到甦醒以後，我已躺在母親懷裏，迷惘中只聽到母親焦急地問：「孩子怎麼樣了，好些了吧！」

在月光下，我翻翻眼睛，有氣無力地說：「媽，我看到鬼了！」

「哎！你看到鬼了，看到甚麼樣的鬼？」母親一臉憂戚，半信半疑，感到十分惶恐。

「鬼影黑黑的，還會叫，媽，我好怕呀！」當時我仍然直打哆嗦。

「哪裏會有甚麼鬼？」我聽到兩位鄰居在旁邊咕噥了幾句，不知道他們在說些甚麼。

原來，我被嚇昏在地後，他們收工打從此地經過，認得出是我來，連忙跑回引導我的父母來救我。還好我從小就沒有心臟病；不然，早就被「鬼」嚇死了。

回想：我那次「活見鬼」，看到的雖然是「一道黑影」；可是，我卻被那道「鬼影子」嚇得病了一場。

（七十三年七月二十八日成功時報）

楊柳依依

在我辦公室附近的水溝旁，種有一棵柳樹，初栽植時，因為樹枝矮小，看來很不起眼，因此亦不曾留意。時間漸久，大概是接近水源吧，這棵樹成長非常快速，曾幾何時，已經是綠樹成蔭，柳腰款擺了。

臺灣是亞熱帶氣候，平地很少種有柳樹，而學校也只種有這一棵，栽植在花圃旁邊，一樹獨秀，傲視羣芳，所以特別引起我的注意。

每次經過這棵樹旁，總勾起我的許多回憶和感想，也曾幾次想提起筆來，把心裏的複雜情緒寫出，終因事情繁忙而未果；然而，每次看到這棵樹，總是情不自禁地默念詩經小雅采薇章的感傷詩句——「昔我往矣，楊柳依依，……」後面幾句，因為不能全記，也不想念出；因為這是當時戰士在歸途中的抒懷之作——「今我來思，雨雪霏霏，……」離家已三十多年，遊子天涯，何時能「載渴載飢」地重回故國呢？這也是我按捺下多少次的寫作衝動，而終未提筆的原因。可

是，地面上樹木這麼多，萬紫千紅，羣芳競秀，為什麼人們對柳樹卻大為興感呢？

因為柳樹生來青葱淡雅，枝葉柔嫩婀娜，春月先葉開花，暗紫翠綠，風翻柳葉，款擺依依，容易引起人們別時的傷感；而柳絮隨風紛飛，飄浮無定，更容易引起遊子的思鄉情緒；所以古人大都藉途中所見，折柳贈別，以致其依依惜別之情，或見柳色而興思，大起懷人之感。如李白的憶秦娥：「年年柳色，灞陵傷別。」、王昌齡的閨怨：「忽見陌頭楊柳色，悔敎夫婿覓封侯。」、王維的陽關三疊，乃看到客舍的青青柳色，吟誦出：「勸君更盡一杯酒，西出陽關無故人。」的感慨。左宗棠平定新疆後，却廣栽楊柳，才引得春風隨拂，平添塞外春色。實則柳樹雖有見而稀少；所以每見校園中這種特有的柳色，才引起我覩物思鄉的感慨。

現在一般人大都將楊柳不分，以楊柳為柳的別名。其實：楊樹枝硬而揚起，葉呈圓形；柳樹則枝弱而垂流，葉呈條狀，蓋一類而二種。來臺後，未見楊樹，或有楊而未見；柳樹有見而稀少，却有許多實用的價值。

賞、寄情以外，却有許多實用的價值。

在大陸北方各地，自多至以後，由於天氣愈來愈冷，俗稱「九裹天」，以九天為一週期，說明氣候的變化。一般文人雅士有填畫「九九消寒圖」，以尋求消寒的情趣，便是以「庭前垂柳珍重待春風」，以度寒迎春。所謂：「一九二九不出手，三九四九冰上走，五九六九沿河看柳，七九河開，八九雁來，九九八十一，多去春又回。」因為等九九八十一天過去，就是三陽開泰的暖和天

氣了。

我的故鄉湖北蘄春，靠近長江北岸，緯度較低，春天似乎比北方早到，柳枝也較先發芽。縣內有一條大河，名曰蘄河，直貫本縣南北流入長江。河岸兩旁的砂壩，大都栽種柳樹，以作護堤之用。每到春來，柳枝吐蕊，柳芽初舒，枝頭一片翠嫩。春節過後，日和風煖，正是「萬里和風生柳葉」的光景，春色撩人，先自柳枝開始。那種長堤綠壩，一眼難窮，漫步河旁，目覩春草碧色，春水綠波，享受「吹面不寒楊柳風」的情趣，使人心怡而體暢，流連忘返，逸趣橫生。

每逢踏青季節，一些青年士子，先從柳堤漫步，欣賞綠楊垂柳，沿着一身綠蔭，故意模仿古人，吟唱折柳送別及有關吟詠楊柳的詩句，互相接龍回應，直到詞窮而盡而後止。然後再沿柳堤而至郊外，只見綠茵遍地，草木葱籠，十里鶯啼，春光蕩漾，正如王維的早朝詩所形容的…「柳暗百花明，春深五鳳城。」在故鄉四季分明，尤其在春天，更是令人感奮，也是一年之計——讀書、工作、郊遊的大好時光。

到了夏天，天氣炎熱，在河堤下、柳蔭旁乘涼，更是避暑的好去處。我的家就住在沿河築成的市鎮，由街道的兩頭出去，便各是一道柳堤，中午天氣太熱，一般玩伴爬在柳幹上久了，就乾脆跳入水中游泳，水深及腿，清澈而衞生，無安全顧慮。堤邊偶有深潭溜底，乃是魚羣滙集的淵藪。因為溜水較深，不敢貿然跳入捕捉，我們這羣半大不小的孩子，只能坐在柳樹上，俯瞰游魚，從容浮沉，悠然而逝，也曾多少次與起躍下捕捉的衝動。後來年齡漸長，稍懂「臨淵羨魚，不如

退而結網」的道理。網雖未結，倒是常拿起釣竿在堤邊垂釣，收穫雖不多，那種柳蔭聽蟬、綠蔭垂釣的往事，是我少年時期最快樂的時光。

共匪叛亂，故園陷落，鬥爭清算，民不聊生，少年時代踏青、賞柳、垂釣、捕魚的歡樂日子，已無法享受。我便在春節過後、沿河看柳的黯淡日子裏，背著簡單的行囊，乘機偷偷逃出當時才體會到古人見柳色而傷感，和折柳贈別的別離情緒。

「昔我往矣，楊柳依依」，我每見這棵柳樹，枝葉流垂，婀娜有致，這幾句古人的感懷詩句，總在腦海中迴盪不已。希望有一天我能在「垂楊柳、柳含煙」的歌聲中，重步柳堤，重溫舊夢。

（七十四年三月二十日臺灣日報）

曬書的回憶

家住山區，霧氣甚重，對書籍的收藏，頗為不利；所以每隔一段時間，我便要大肆曬書一番，以免受潮毀損。而每次曬書時，大都招喚兩個孩子幫忙，一方面是要他們多沾染一些書香氣息，同時也可讓自己，重溫童年時幫助父親曬書的舊夢。

我是在農村長大的，除祖父經商以外，父親和上代祖先，大都以耕讀傳家。曾祖父以上兩位祖先，在科舉時代，曾中過秀才。這在農業社會裏，尤其是在山區，更是一件大事。而祖先們的嘉言善行，讀書情形，一直為族里所稱道。他們之所以能求得功名，壯遊泮水，完全是勤學苦讀得來。

以前，一般士人所讀的書籍，大都是線裝宋版書，後來才有銅版和鉛印。線裝書紙質堅韌，裝訂牢固，容易保藏；且字大明晰，適合讀書人的圈點和誦讀。往往一般優秀士人所圈點過的書籍，便成為一般後生小子所模仿學習的對象，更是他們留給後人的傳家之寶。──「人遺子，金

滿籯；我敎子，惟一經。」這便是農業社會，耕讀傳家所遵守的至理名言。

我的祖先所讀過的書，也一直傳給我們下面幾代。小時候，我家也住在山上；後來，才舉家遷往鎭上，每當重要節日，仍常回老家祭拜祖先，更不忘記曬曬那些古書。那時候，我年齡尙小，對於那些古書，因爲看不懂，印象不大深刻，只知道隨着父親翻閱。那些書，大都是線裝的，都是大部頭書，有些已經破損，其中有一套「十三經注疏」，甚爲珍貴。先祖們用紅筆圈點得密密麻麻，單圈雙圈，隨着書內重要性而加緊加密；另有眉批、評語或讀後心得，可見他們用功的程度。

父親在曬書時，一面翻閱，一面整理，並且講解祖先們創業與家、奉師重道的精神，和一些爲人處世的道理；使我們知所效法，以宏揚祖先的德澤。

「開卷有益」這句話，是我最先從父親的口中聽到。他說好書是無價之寶，學問是用錢買不來的；只有自己去用功鑽研，才能豁然貫通。我之所以喜歡與書爲伍，大概與家敎有些淵源。而且，那時候印刷業不發達，人們頭腦淳樸，市面上沒有不良書刊出現，眞正是「開卷有益」。大家可以讀些乾淨書，沒有所謂黃色書刊這個名詞。

記得曬書時，其中有一套宗譜，共有十多本，是木板刻字印刷的，也算是書籍；但宗譜比書籍更爲重要。它是記述宗族的來源、祖先的德業、和輩份的大小，作爲倫理綱常的寶典，在農業社會裏，甚受重視。

還有一本，祖先應考時所用的筆記，係用小楷毛筆書寫，字跡細密，和米粒大小相似，雖比

不上黃老奮的毫芒雕刻；但用普通小楷毛筆，正常肉眼書寫，且行列整齊，一字不苟，實在難能可貴。

這本書，係自行整理線裝，版面大小，大概為八公分與四公分見方，厚約數百頁，就和我離家時，帶出的一本寸半本英漢字典大小相近；但機器印製的書籍，字體可大可小，那能和祖先的手稿，相提並論。現在回想起來，使人彌覺珍貴。

那些古書，係我家傳家之寶，看得非常貴重；所以一直放在老家的樓上，和宗譜一起保存；——真所謂藏之名山、傳諸後世——只有定期曝曬翻閱，平時很少用到。長大後，漸有閱讀能力，但因時局動亂，無法安定研讀，實在非常遺憾。而我對那本祖先的小字手抄稿本，印象頗為深刻，每次曬書時，我總要多翻閱幾次。那裏面大都是四書中的自撰文章，題目有的很長，有的頗短，甚至一個字，也能做出長篇論文。我想科舉時代的八股文，大概就是那種模式吧！

回憶每次曬書時，總要求父親把那本手抄本，送給我讀，都為父親所制止。一方面因為我當時的領悟力還不夠，同時也是怕我弄壞弄丟了。

離家時，我帶出一些自己讀過的書，迄今仍善自保存着，視為珍品；要是當時也能把那本祖先的手抄稿，一起帶出來，那更是一種難得的寶物。

我懷念祖先的遺書，更難忘先父的遺訓。

（七十二年六月十三日臺灣時報）

扇子的回憶

暑假期間，因事往臺北一行，在臺中下車後，溽暑逼人，炎熱難耐，不覺汗流浹背。在人潮擁擠的熱浪中，摩肩接臂，走進車站候車室，滿以爲可以享受一下冷氣，來消除暑熱；不料因當時室內氣溫未達攝氏二十八度，冷氣不予開放；等到擠進一個座位後，更覺燠熱難當。

正焦躁間，忽見一佝僂老人，沿座兜售摺扇，旅客大都搖頭擺手，無人問津；但當時却正合我的需要，於是購買一把，揮扇招涼，驅除暑氣。

不久，候車室冷氣開放，我便放下摺扇，閱讀報紙；可是，扇子雖然揮掉了，却揮不掉我對往事的回憶。

我小時候係在農村長大的，當時鄉下沒有電力，一般人連電風扇都沒有見過，更遑論有冷氣設備，大熱天只有發揮扇子的功效。

我的故鄉湖北蘄春，在多天寒冷，而夏天炎熱。一般人多天離不開烘籠，而夏天更離不開扇

子。在六月炎天，如果手上沒有一把扇子，根本無法消暑。大家似乎有一種默契，也是口頭禪，所謂：「六月炎天熱，扇子借不得；不是我不肯，你熱我也熱。」因為湖北人，把「熱」、「越」、「月」三字，讀成一個音；又有「八月中秋吃月餅，喝熱茶，越吃越熱。」的笑話，引起外省人的嘲弄。而且，這「熱」、「越」、「月」讀的又不是國語發音，只有用湖北方言，說來才夠韻味。所以，我常把這兩首家鄉俗諺，念給現在的家人和朋友們聽，引起許多笑料而開懷不已。

扇子，在鄉下人眼中，不但是驅除暑熱的必需品，更是讀書人和仕女的象徵。君不見在相聲話劇中，表演者大都長袍摺扇，談笑風生，以示儒雅；而國畫中的仕女，也大都穿着古裝，以團扇掩面，使人興起愛憐之意。所以「扇之為用大矣哉！」不一而足。

在鄉下，一般人大都以扇招涼，自不在話下，所謂：「扇子扇風涼，隨時在手旁；一時離了手，孩兒沒了娘。」可見扇子在夏天對人們的重要。而一般年輕學生，在夏天上學，除了攜帶書包、茶壺以外，更把扇子作為書生的標誌。因為扇面上不但印有名人名畫，可資欣賞；更有名詩名句，富有教育意義。

依稀記得，一般學生用的摺扇上，大都印有陶淵明的古詩：「盛年不重來，一日難再晨，及時宜勉勵，歲月不待人。」和「白日莫閒過，青春不再來。」等名句，教人珍惜時光，力圖上進。

還有朱子家訓上的：「一粥一飯，當思來處不易；半絲半縷，恒念物力維艱。」和李紳的憫

農詩：「誰知盤中飧，粒粒皆辛苦。」敎人要愛惜衣食，不可暴殄天物。

至於一般人用的扇子，也題有勸人對「酒色財氣」的斟酌。如「酒是穿腸毒藥，色是剮骨鋼

刀，財是下山猛虎，氣是惹禍根苗。」勸人要修身養性，凡事警惕，切莫惹禍上身。

但是，世界上的人如果都戒除了「酒色財氣」，大家不就都成了尼姑、和尚？社會何來繁榮

進步？接著，又從另一角度着眼，卻說：「酒無不成禮義，色無路盡人稀，財無不成世界，氣無

反被人欺。」最後告誡人：「若要行事得法，勸君量體裁衣！」一切要自行斟酌，以保持中庸之

道，是修身功夫，也是衞生方法。

還有一般人，特別買回白紙摺扇，延請名儒或塾師題字，以示儒雅不俗。大抵要看各人的身

分、地位，即席揮毫相勉；而所題的詩字，大都蒼勁有力，文句古樸而新穎。例如吾蘄國學大師

黃季剛氏返鄕時，就有很多故交，要求在扇面上題字，得之者視為墨寶，而捨不得使用。

一般人的扇子，如果扇面上沒有印好的字畫，也要自題幾句歪文，以自我表現一番，至少要

寫上「清風徐來」四字，這樣才算一把完善的扇子，而招涼的功用則一。

扇子的種類，依形狀、質料、大小而有所不同。除上述的摺扇以外，一般家庭最常用的，厥

為蒲扇，又稱團扇。蒲扇，乃用蒲葉製成，最大的比一張四開報紙略小，呈橢圓形。這種蒲扇，

用途最為普遍，因其款式之大，外出可以抵太陽，晚間可以打蚊子，甚至可持以盛物；至於扇大

風多，自不在話下。另外有一種芭蕉扇，質料、形狀與蒲扇相似，只不過不及蒲扇的堅固耐用而已。

還有一種麥草扇，也頗普遍。麥扇係用麥稭製成，呈桃形，比蒲扇較小；但使用起來，輕巧柔和，蠻有情致；如果扇把上再箍上幾圈紅綠絨線，更顯得嫵媚可愛。

此外，還有鵝毛扇、輕羅扇、和一些精緻扇子，為一般迎娶前之禮物，大都為閨門仕女所用。杜牧詩：「銀燭秋光冷畫屏，輕羅小扇撲流螢。」或即此類。

總之：扇子隨人之設計而異，質料之優劣，也因經濟條件而有別。身分、地位高或有錢的人，所使用的扇子，自為上品。或顯示其氣質之溫文，或顯示其地位之高貴；要不然，便是表示其富有而已。最為簡便的，也可以用厚紙自摺成摺扇使用，只要能招風就行。而油紙扇便成為普通使用的扇子，即或一時丟掉，所費亦不多。

離家後，一直未買過扇子，另外亦為電扇和冷氣所取代。這次外出，無意中買來這把摺扇，為我解除旅途的暑熱，卻勾起我對往事的回憶。惜扇面上只有幾朵印好的紅花，而缺少幾行題字。處在這工商業時代，我只好一切從俗，湊合一下使用吧！

　　（七十一年十月十六日臺灣日報）

我的絕版書

在我的書房裏，藏有將近兩大櫃書籍，看到那些五顏六色的書背，光華燦爛，蔚爲大觀，使人頗有一種滿足之感；但是在這些書籍當中，使我感覺最爲珍貴，而奉爲瓊寶的，便是那兩本「絕版書」了。

民國三十八年上元節，我從故鄉匪區逃出，懷着沉重的心情，帶着簡單的行李，抵達縣城；原打算繼續升學，把寄存在縣城裏的一些書籍，整理一番；後來因爲局勢越來越嚴重，我看到讀書無望，只好棄學從軍。當時檢視那滿箱的書籍，實在捨不得拋棄；於是我一再挑選，只把最心愛的一本唐詩，一本日用交際快覽，一本實驗高級英文法，和一本袖珍本英漢字典，揣在簡單行囊裏携帶出來。

唐詩是我最喜歡讀的，在寂寞無聊時，可以排愁解悶；日用交際快覽，可供作寫應酬文字參考之用；而英文法和小字典，乃在幫助複習英語，以免荒廢學業，有機會還想繼續讀書。

第一次出遠門，人海茫茫，缺乏旅途經驗，當時為著保護包在行李內的這幾本書，我在武昌第一次坐火車到岳陽，當火車剛開動時，幾乎把我彈出車外；如果不是一位好心旅客拉我一把，早已喪生輪下，何能來到臺灣！

此後，我隨著部隊由岳陽而至浙東，再由浙東而至閩南，在行軍旅途中，我始終沒有丟掉行李；而這幾本書仍然善自保存著。暇時打開晾風、翻閱，讀著「劍外忽傳收薊北」的詩句，使我滿懷壯志，希望早日能重返故里；而看到那兩本英文書和交際快覽，使我想起讀書時的情景，揣摩研讀，聊慰鄉愁；這幾本書，的確充實了我的旅途生活。

可是在軍中生活，並不是悠閒和方便的，記得在閩南時，上級下令：為著保持部隊的機動，規定各人除開背包以外，其他笨重行李，一律不准攜帶。於是我賣掉許多隨身衣物，並把行囊一再縮小；但是這幾本書我還是依依不捨地背在身上。後來為了多背了這幾本書，使我在一次戰役中，幾乎挨了一顆子彈；但是我為了維護這幾本紀念書籍，仍然九死其猶未悔。

到了臺灣以後，生活雖較安定，但是部隊經常調動，行李也漸漸增多，行軍調防，整理行裝，仍然十分費事；加之人生不如意事，常十之八九，我在長期勞累後，忽然生了一場大病，而且一病難起；不但不能行動，更不能稍用腦筋，經常都在臥床靜養中。轉了幾次醫院，我的隨身行李，隨身衣物都是在精神稍好時，託人代為整理；甚至在幾次病重時轉院，我的隨身行李，不知怎麼也跟著轉來。待病情稍好後，檢視行囊，看到這幾本歷經萬難的舊物，懷鄉念舊之情，不能自已；只是一

本唐詩，不知在何時何地遺失，使我傷心不已，而實驗英文法已送給一位升大學的同學，現在他

已是學者博士，目前僅存的，只有這本日用交際快覽和袖珍本小字典了。

出院就業後，生活漸趨正常；然而東搬西轉，這兩本書跟著我跑遍了寶島；直到成家後，寄

居此地，生活才正式安定下來，算是給它們有個固定藏身之所。

這本「日用交際快覽」，係上海春明書店在民國三十五年出版，我在民國三十六年購於故

鄉，時為法幣六千五百元。內容充實正確，可算是一本大衆酬世文件的顧問。包括喜慶、祭奠、

人事文辭，和社交詩詞、各類尺牘、婚喪帖束，以及各種契約、廣告程式和酬世楹聯等，取材廣

泛實用，適應各業需要，為目前坊間難得買到的酬世書籍。

筆者在國中教授國文，承大家看得起，每逢長官、同事、朋友，及地方人士，有婚喪喜慶等

應酬文字，多要求我來執筆，在推辭不得的情形下，只好勉為其難，而這本交際快覽，實在幫忙

很多。雖說有些用語、程式與現今稍有不同，然而修修改改、取頭截尾，仍不失為一本完整書籍；只是

在書面雖然破損，內紙全已發黃，經過幾番修補整理，曝晒裱褙，仍多可供參考之處。現

已成為絕版樣品，而我手上所執有的，甚至變為孤本了。

至於那本小字典，書名學友英漢字典，當時稱為「寸半本」，實際書面不到四十平方公分，

而厚達八百餘頁，收錄生字三萬個，真是一本小巧玲瓏的迷你字典。

抗戰期間，在鄉下讀中學，能擁有一本英文字典，同學中為數不多。而它是我和同學們在一

次遠遊中，步行百餘里到鄰縣英山縣城購買的，時為法幣一百五十元，在當時算是貴重書籍。

現在我雖然藏有這許多書，但我認為最為珍貴的，還是這本酬世書籍，陳舊而實用；而小字

典不但別致精巧，更富紀念價值。我珍藏這兩本書，更珍惜往事的回憶。

（六十九年六月二日欣欣文藝）

親情的懷念

現在社會經濟繁榮，人們生活水準提高，大家對吃大魚大肉，似乎不很感興趣，轉而講究吃法和味道；但我對農業社會時代，母親所常做的「泡蛋湯」久吃不厭，不但美味可口，更增加親情的懷念。

在家裏，我只會動口，却不會動手；也就是說，我只會飯來張口，却不會下廚做菜。每逢過年過節，或有客人來訪，妻做出來的，總是那幾道老樣的菜，可眞把人吃膩了。

「太太，妳總得換換做法，變變口味吧！」我有時埋怨她。

「你只會嘴巴講，那麼就請你來示範一下吧！」

要我來示範，可眞把我難倒了。

不過，我不是沒有一手，如果我下廚露出一手，做出來的菜，不但色香味俱佳，簡便易做，而且價廉可口，包君滿意。

——那就是母親當年常做的「泡蛋湯」了。

在我們家鄉，在農業社會裏，吃個土雞蛋，算是葷菜。蛋的吃法有很多種，隨你變化，而快捷受用的，莫過於「泡蛋湯」了。

那時候，厨房裏沒有電鍋，更沒有瓦斯爐，煮飯做菜，都是用大鍋大灶；常見母親在大灶前用吹火筒吹火，被濃煙薰得眼水直流。常言道「須知盤中娘，粒粒皆辛苦。」但是鍋中做出來的菜，也頗不簡單呀！

小時候，每當我放學回家，感覺無好菜下飯，這時候，母親便靈機一轉，——打碗泡蛋湯上桌，而泡蛋湯正是我想吃的好菜。

只見母親忙着生火，把菜鍋燒得火燙，倒下油脂，打開兩個土雞蛋，在碗裏攪和以後，趁熱往鍋裏一倒；等到蛋液尚未完全烤乾時，馬上倒下清水，放入作料；因為鍋裏溫度高強，冷水倒入後，便馬上翻泡鼓鼓鼓作響，聽起來頗覺嘴饞，蓋上鍋蓋後，不到兩分鐘，泡蛋湯便完成了。

三、四十年前的往事，猶在記憶之中；而泡蛋湯尚未做好之前，在鍋裏的鼓鼓響聲，依稀縈繞耳際；母親愛子之情，亦常在慕念之中；於是泡蛋湯這一道可口菜，便成為我對母親懷念的拿手菜了。

現在的厨房，大都用瓦斯爐，不用大鍋、不燒木柴，做泡蛋湯的方法，固然簡單易行；但每當我受妻之激勵而下厨時，打開雙管瓦斯爐，感覺火力過猛，扭小開關，又嫌火候不足，總覺有

些彆扭；尤其是現在只能買到的洋雞蛋，吃起來較土雞蛋的味道，更覺隔着一層，缺少過去那種鮮甜的味道了。

打泡蛋湯時，以土雞蛋為佳，必須先調整火候，切好一些大葱，準備好味精、醬油和清水，迫蛋液攪和好以後，火力不大不小，油鍋熱煙起燙，趁勢將蛋液倒入；等到蛋液有百分之八十將要烤乾時，馬上倒下清水，留下少許蛋液，混合清水，這樣才有鮮甜的味道；再加入準備好的作料以後，不到幾分鐘，便可做好色香味俱佳的蛋湯了。

我喜歡吃泡蛋湯的原因，一方面是這道菜簡便價廉可口，主要的還是對親情的懷念。想到當年母親打泡蛋湯時，湯在鍋裏的鼓鼓響聲，更增加我的孺慕之情；只是現在所用的瓦斯爐，小鍋小灶，由於炊具、情景不同，除了上面的除煙機有嗡嗡的響聲以外，再無法欣賞到當年母親下鍋時，那種響燙的聲音了。

（七十年五月二十五日欣欣文藝）

為兒茹素念親恩

每當我拿起鏡子，總會照見自己額角上的疤痕；每當我入浴時，總會觸及胯骨內的瘡傷，這瘡傷也不是和人打過架，而是小時多病和不小心的結果；而母親的素食，完全是為兒許願，求神託庇平安，自己犧牲口福的慈愛。

這疤痕不是在戰場上負傷，每當我獨自進餐時，總會想起母親孤單素食的情景。

我小時生長在山區，當時鄉村中缺乏醫藥衛生設施，地方沒有醫院，小鎮上只有中藥舖。一般人生病，只好從老遠求看中醫；而中醫藥效既慢，且醫生多不合格，不但治不好病，往往因「吃反了藥」，變成不治的痼疾，或產生副作用。一般人名牌醫生請不起，或看中醫無效時，只好沿用老年人的偏方，或地方上習用的土法；甚至求神問卜，吃符咒、香灰，以求把病治好。

據說我上面還有一個哥哥、一個姊姊，都因為小時生病，醫治無效而夭折。我是父母的么兒，小時也是多病，看中醫不便，當時根本沒有小

我只有一個姊姊，無兄無弟，兒時生活很孤單。

兒科；所以過着驚風、感冒或發燒時，只好使用偏方、土法，才把小命養大，而母親更受盡折磨，才換來我的健康。

據說我兩三歲時，生了一場大病，百般醫治無效，最後只好求助於地方的土法——燒筋和爆燈花。當時如何治法，因年幼無從記憶。長大後，依稀聽見母親和姊姊說，我小時生病曾經爆過燈花、燒過筋，而額角上的疤痕，就是當時治病的標記。

我的故鄉，多天天氣很冷，大人和小孩，身旁總離不開一具「烘籠」（家鄉取暖用具）。有一次，大概是五、六歲時，我站在烘籠上吃飯，不小心踏翻跌倒，一大缽炭火，整個倒入我的開襠褲內，當時一聲驚哭，人便昏了過去。地方上既無外科，中醫也無法醫治，家人焦急無奈之餘，只好利用土法，將蔴油調和藥粉敷治。母親既心痛又心急，到處尋求偏方，換藥洗滌傷口，經過幾個月，好不容易才把傷口治好。

我因為小時多病，面黃肌瘦，背脊微駝，身體一直不好。母親多方照顧我的衣食，設法增加營養，身體才逐漸好轉。在我生病時，母親除日夜照顧、設法醫治外，並到處燒香許願，決定終身茹素，求神保佑我的健康。同時迷信地方習俗，到處向人家討「布角」，做成「百人袍」讓我穿。只要我身體好，她什麼苦都願意吃。打從我有記憶時起，從未看到她吃過一塊魚肉。每天進餐時，我和父親一起吃，飲食營養比較好；她為着怕沾染葷腥，總是端着一碗素菜，坐在餐桌旁一個人孤單進食。當時我年紀小毫不在意，而我的家境並不算壞；誰知她心裏想的，只是為着自

己的兒子，誠心禮佛茹素，願意犧牲自己的口福，來祈求我的健康。姑無論這種做法，有無效果，是否值得，而母親愛子之心，哪裏是當時的我所能體會的呢？

故鄉陷匪後，我無法在家生存，母親囑咐我即刻離家逃命。我離家時，丟下母親一人在家，無人奉養，只拜託住在附近的姊夫和姊姊照顧。原打算三年五載即可回家，誰知海角飄零，一晃已經三十七年。多少個母親節，面對着母親的放大照，祈求她的健康，並懺悔自己的不孝，總希望母親尚在人間。迄近年來，始從鐵幕裏輾轉獲得噩耗，母親已在我離家數年後，離開人世，喪事係由一位房叔代為辦理。臨終時還頻頻呼喚我的小名，氣息奄奄、斷斷續續地說，如果最後看不到我一眼，她死也不肯閉起眼睛。……誰知她在臨終頻頻喚子之時，也正是我纏綿病榻呼喚慈母之日。人在母親面前，總是長不大的孩子，當時我年近三十，重病纏身，憶起母親昔日的慈愛，甚感孤單無奈，那裏還想到自己的親恩未報，罪孽深重呢？

古話說，養兒防老，積穀防飢。母親辛勤把我撫養長大，未能稍享菽水之歡；不但生病時無人奉侍，連臨終時愛子都不在身旁，敎她如何瞑目呢？

母親節又到了，憶起母親昔日素食的恩德，母歿未能奔喪，甚感愧疚與沉痛。如果母親還活着，如果我還能晨昏定省；即或她不願改口吃葷，至少素食也應該營養些。現在，子欲養而親不在；從此每年的母親節，面對着母親的遺像，只好沿用傳統習俗，陳設素食奉拜，默禱謝恩，心香一瓣，表示無限的哀思與悔恨。母親啊，請安息吧！（七十四年五月十二日臺灣日報）

回憶少年畢業時

前些時，參加小兒的國小畢業典禮，看到他從校長手中，接受轉頒的縣長獎，──吾家有子初畢業，內心甚感快慰；我看到他們的典禮過程，想起自己年輕時畢業的情形來。

我是在鄉村中長大，在抗戰期間讀小學的。那時候，家鄉教育尚不普及，一般人大都在附近讀私塾，全縣只有四所小學，初中剛好創辦。我讀完幾年私塾以後，便插入小學五年級就讀。那時我的年齡還算小，很多同班同學，都已結婚生子，大家視作平常。

當時故鄉風氣未開，把讀學校稱為住學堂；因此，畢業時還沿用清代科舉時代的報喜方式。

小學畢業時，有報子敲鑼鳴炮捧送紅榜上門，前來討喜酒和賞錢的。

主人看到自己的孩子，已經小學畢業，就好像從前清科舉時代，考中秀才一樣，大家笑逐顏開，喜不自勝；而報子的人，也乘機吹噓討賞，等到主人宴請親友慶賀時，他便照着紅榜內容，大大恭喜一番。記得榜上寫着：「捷報×先生官印××，考取××學校優等一名。」就像戲

劇裏，古代有人考取功名，家長口唱：「報子報我家，我兒頭上插宮花」的情形一樣，算是他家的孩子年輕時獲得的功名。等到喝完喜酒後，家長要把這張紅榜，張貼在供奉祖宗神位的正廳，以作標誌和紀念，視爲很大的榮譽。

我初中畢業時，還是有報子來家報喜，大家認爲功名更高一層，親友慶賀也較爲熱烈；尤其母親更是高興異常。

記得小學畢業時，看到報子來我家，表面上雖不好意思；但內心却非常喜悅，尤其在長輩的誇獎聲中，更是沾沾自喜。等到初中畢業時，眼界較爲開拓，內心雖慶幸自己初中畢業，但外表頗感難爲情。其實，自己腦子裏有多少東西，喝了多少墨水，自己是知道的；只好跟着虛應一番。

本縣幅員遼濶，學校分散，報報子的人，事先就得計畫，尋找畢業生地址，以便按時前往報喜。據說這份差事，由縣城附近一位高姓人家世襲，每逢學年快結束時，就要大大忙碌一番，也賺得一筆外快；可是等到抗戰勝利以後，由於學校林立，時代已成過去，便無形中取消了。

在抗戰期間讀中小學，物質條件欠缺，教材敎法也不大相同。那時候，大家只讀課本，或上補充敎材，使用毛筆居多，市面上沒有參考書、測驗卷賣，大小考都用論文考試，沒有新法測驗；學生爲求學而讀書，老師爲傳道而授業，沒有升學壓力，心理負擔不重。雖說是小學畢業，政府還愼重其事，要派督學到各校監考，試題由他圈選，大家不得不用功準備，以便過關畢業。

初中畢業時，更為嚴格，規定要由鄰縣各中學，集中一校會考，大家不免更為緊張，生怕自己畢不了業，就和現在高中入學聯考一樣；不過現在的聯考只管升學，而當時的會考，只管畢業而已。

那時候，學生要升學，只是自己的事，學校沒有人帶隊輔導，升學率好壞亦與學校無關，當然更沒有所謂「惡補」了。因此，學生可以好好讀書，不會有考試領導教學的現象，學生讀書的心情，就不會像現在這樣的緊張了。

現在教育普及，人民知識水準提高，而且教材教法不斷改進，當然是可喜的現象；但是升學壓力太重，各種大考小考，使學生喘不過氣來；如果大家都不太重視學歷，就業全憑真才實學，使學生可以照着興趣讀書，未嘗不是現在學生之福。因此，使我對過去的讀書情形，非常懷念，也非常嚮往。

（六十九年十一月二十五日南投青年第一三七期）

那段騎單車的日子

有人說，一個人喜歡懷念過去，是心理老態的跡象；老是不忘用過的舊物，更是落伍的象徵。不管這兩句話有否正確性，我的確常懷念過去某段時期的歡樂時光，也難忘曾經用過的心愛之物。那段騎單車的日子，便是其中之一。

現在社會經濟繁榮，人民生活水準普遍提高，摩托車穿梭在大街小巷，已成為普通的交通工具；而私人開用轎車，亦屬平常之事。在這工商業繁榮進步，社會結構變遷之際，大家都在求新求變；而我却仍在懷念、甚至提倡騎用單車，人家不譏笑你是「酸葡萄」，至少說你跟不上時代。

不過，騎單車的確有很多好處：第一輕便安全，第二節省油料，第三可以鍛鍊身體。三者之中，惟第三項我受益最大。君不見有些經濟充裕的人，本來可以買得起高貴的車輛；但為了堅持原則，仍然在騎用單車，便是一個例子。

單車，是腳踏車的簡稱，本省方言稱為「鐵馬」。我小時候住在鄉下，看見駐防部隊，隨軍攜乘，大家管它叫鋼絲車，感覺非常新奇。也就是在那段時期，一位國軍戰士，曾載我騎乘幾次，給我留下極深刻的印象。

來臺以後，看到本省同胞，大家都騎用單車代步，非常輕便迅速；我借着騎用幾次，也就學會了。後來在接受軍事訓練時，曾把單車列為教材之一；然而，我已駕輕就熟了。

回憶服務部隊時，我多麼希望有部單車，可以騎着外出，也能風光一番；可是部隊生活，流動性很大，即或有錢購買，充任下級幹部，也無法隨軍攜帶，在心理上空有一份嚮往罷了。

直到二十多年前轉業執教，生活環境安定，單車對我，變成十分需要。當時一位老師，月薪只有新臺幣七百五十元，而我却用一千六百八十元分期付款，買了一部雙燕牌腳踏車。這部車子美觀而耐用，雖說花了我兩個多月的薪水；但為了滿足自己生活上的需要，亦在所不惜。

新購了一部單車，行動方便不少。那時候，我還年輕，剛剛就業教書，打着一條光棍，沒有家庭負擔，心中每有滿足之感。因為當時，計程車剛上市，摩托車尚未問世，有些人仍然騎用破舊的單車；而我却擁有一部那樣出色的新車子，人家看了口頭上都稱讚不已，而我在心理上更覺風光得很。

回想在那段光棍時代，生活行動自由，常騎着那部新穎的單車，蹬踏在附近的幾個村里。稍遠一點路程，亦捨汽車不坐，而自騎單車外出。我曾經從竹山的中州，騎着它前往南投，並經火

車轉運，而遠征臺南。進百貨公司購物，要交代店員代為照顧，進戲院看電影，還要付保管費。

每次回家後，把它擦得雪亮，看得像寶貝似的。那時候，有了這樣一部新單車，就好比現在的豪華汽車，一樣受人重視；至少自己在心理上有這種感覺。

每逢星期假日，我便騎着它從社寮附近的中州，前往竹山看電影。在八月炎天，雖然烈日當空，陽光如炙；但只要頂着一把布洋傘，既可防雨，又可蔽日。只要騎着它，風隨車往，並不感覺炎熱。當時騎着一部單車，好像變過癮似的。

那時候，在臺中嘉義縣的公路上，客貨車並不多，尤其在夏天中午，更是人車稀少。我常騎着它放蕩在大馬路上，趁着無人之際，鬆開雙手，脚一蹬，便奔馳百多公尺。然後，稍一扶穩龍頭，再奔馳前進。如遇下坡路，更是如馮虛御風，放心俯衝而下；等到轉入平道，更有飄然獨立羽化而登仙的感覺。十多公里的路程，只要二十多分鐘，便可抵達目的地。回程時，帶着一些日需用品，也帶着一身輕鬆，即遇上坡路，也一樣騎車上衝，面無難色。等到抵達頂端，再回顧爬行路程，每有歷盡坎坷，不畏難關的豪興。六年歲月，便在風馳電掣中，騎着那部單車，一晃便已過去。

在那段期間，我因為常騎用單車，身體鍛鍊得非常結實，平時睡眠良好，不畏風寒，不像現在容易感冒。所以說，騎單車益處當中，以第三項使我受益最大。

也因為自己擁有那部新單車，好像變起眼似的，人家愛屋及烏，認識了附近的兩位小姐。一

是以借車認識，一是在中途休息站而趁機聊天。雖然都未能有進一步的交往，但機會都是自己放棄的，也算是在那段騎單車的日子中，兩件小小的插曲。

後來，我轉往山區執教，山路崎嶇，單車已無用武之地，只好把它割愛送人，幾經親友轉送，已報廢棄之如敝屣。我看到昔時心愛之物，歷盡世路滄桑，不免發出「思古」、念舊的幽情，只是沒有愴然而淚下罷了。

最近十多年來，我只是靠着兩條腿，上下山坡地帶，眼看到人家都騎用摩托車，甚至開私人轎車，比我過去「炫耀一時」的單車，要風光十倍、百倍，心理上老是有個疙瘩。朋友們也勸我購買一部，再鼓起當年之勇。我幾經考慮，基於各種因素，還是打消買車的念頭。因為轎車我買不起，也無此需要，不必打腫臉充胖子。開轎車不但耗費能源，而且停車場所也發生問題。摩托車雖然方便迅速，但危險性頗大。我是一個有唐朝賈島性格的人，常喜歡在走路時推蔽詞句；無奈山區坡陡路窄，受到地形限制。因此，買車對我來說，就像棉花店失火——免「談」了。

所以，我還是利用這雙天然腿，開我的「十一號」自用車，獨來獨往盤坡轉徑，無往而不利；不但可節省能源，而且也不會製造噪音和交通事故。我常在教學之餘，安步當車，踟躕在這山區小徑，過着優閒散步的日子，仍然自得其樂。

我懷念那段年輕時光，更難忘那段騎單車的日子。

（七十二年二月號中華文藝）

第四輯　書香專輯

第四輯　薔薇與蓮

書香‧茶香

昔人王安石說：「貧者因書而富，富者因書而貴。」千百年來，成爲兩句名言。

我敎書已屆滿二十年，一家四口，勉強維持生活，因家無恒產，依然兩袖淸風；雖然也藏有兩大櫃書，但並沒有使我富裕起來。

相反地，大家有個相同的看法：現在一般富有的人，大都享受國家經濟起飛的成果，出入以轎車代步，有酒盈樹，雖然不常買書，而仍然家庭富裕。有錢可以「長袖善舞」，變成富者因錢而貴了。

當然，這也許是某些人一時的憤激之言，而那些因錢而貴的人，畢竟是少數中之少數；何況那並不是代表眞貴。所幸大部分靑年，仍然熱中讀書，君不見每年大學聯考，多少人都在爭擠窄門，可見讀書仍然爲大家所重視。

不過，讀書的目標和心態，重在實用與興趣。如果爲考試而讀書，只知死背課本，生吞活

剝，把讀書作爲求取功名利祿的敲門磚，那反而痛苦了。

古人以耕讀傳家，把讀書的家庭，稱爲「書香門第」；把胸無點墨，視財如命的人，目爲滿身銅臭。實際上「香」與「臭」從何處鑑別，只要觀察兩者的行爲和氣質，便可以判別出來。

古今中外頌揚讀書的名文名著，開卷即得，除了對古人「開卷有益」這句話，要作新的詮釋以外，都認爲讀書可以實用、消遣和陶冶性靈。讀書除了可以獲得工作和生活上的知能以外，對精神生活的充實，只有自己遨遊在書海的人，才能體會到其中的樂趣。至於把讀書作爲業餘消遣，未嘗不是正當的休閒活動。多看閒書，總比把精神耗費在賭博場中、風月場所，或終日渾渾噩噩，言不及義要高尚得多。目前政府正倡導國人多多讀書，充實知識，正是改善社會風氣的治本之道。

英國的史邁爾斯說：人們可以從一個人的書籍及交友中，看出他的爲人，因爲人與人間有友誼，人與書間也有感情，一個人應永遠和良書益友生活在一起。

古話說：「由來富貴原如夢，未有神仙不讀書。」因爲讀書是人生最高境界的一種享受，也是精神生活的食糧，並能啓開我們心靈的智慧，更能改變個人的氣質而排脫俗氣。倘若你是生有讀書習慣的人，你會嫌光陰太短。

我喜歡買書、讀書，家中藏書雖然不多，但尙夠本身工作之所需。然而，學海無涯，慾望是無止境的，學然後知不足，愈讀書愈感覺知識的需要。因此，我經常買書、讀書。我讀書注重精

讀，不但古籍和古典文學是如此，即或新文藝書籍，仍在揣摩學習之中。遇着一些名人名著，更使人多讀不厭。閒時徘徊在書室中，看到那些色彩艷麗、印刷精美的新書，聞到那股書香的氣息；不看內容，也足夠欣賞和流連的了。

從多年的讀書當中，體會到古人所謂「貧者因書而富」，其中的富字，應指心靈的充實而言，並非財富的富。否則，為「黃金屋，顏如玉」而讀書，則愈讀愈覺俗氣了。至於「富者因書而貴」的貴，也並非專指尊貴而言，乃指氣質的高雅，和心靈的澄澈；從書中散發出古人的芬芳德澤，傳誦學問文章，使人沉浸陶冶，愈嚼愈香。有人說：「不讀書是真庸俗，無知識即真貧窮。」可作為此二語的補充詮釋。

我國人喜歡喝茶，從神農嘗百草，以茶解毒時起，已有五千年的歷史。中國人開門七件事，茶為其中之一，喝茶已成為我國的國飲。

關於茶葉的品評，泡茶的方法，和喝茶的功效，唐朝人陸羽著有專書，被後人奉為茶神。晉人盧仝嗜茶，自謂「一飲七碗，兩腋生風。」在古老的社會裏，醫學不甚發達時代，茶葉成為一種家庭必備的良藥。內服可以清涼降火，下氣消食；外敷則可解毒殺菌，消炎祛膿。一般人甚至把茶葉當做病中病後恢復元氣，和提神醒腦的藥品。

現在年輕人雖然喜喝新式飲料，拋棄國飲；但因近年來經政府的提倡，加之本省名茶產地甚多，並經醫學家的實驗，認為喝茶可以預防癌症，已引起國人的重視。因此，大家又漸漸恢復喝

茶了。

我的故鄉蕲春，過去亦爲名茶產地，所以從小就嗜好喝茶。──一壺在手，可以淸心，早有領會。近十多年來，寄寓在南投鹿谷，正是凍頂名茶的產地，可以喝到道地的好茶。此地雖無崇山峻嶺，却有茂林修竹，茶山遍野，滿嶺靑叢，茶葉飄香，隨風吹拂。每當閒時散步，或蹓躂山陬，不覺心恰神暢。而一壺名茶，小杯啜飮，更覺芬芳撲鼻，齒頰留香。我不善杯中物，但嗜好飮茶，已經進入「不可一日無此君」的境地，與手中不可無書，成爲個人生活的兩大嗜好與情趣。平常陶醉在書香與茶香之中，而自得其樂。

從多年來的讀書與飮茶當中，所受體驗，冷暖自知。前者雖沉浸在古人的書香德澤裏，但總難免面目可憎，道行不高，尙須多加參悟；而後者雖不諳茶道，但飮法隨人而異，有時大杯牛飮，亦大呼過癮。多讀書，受益不盡；多飮茶，不失爲強身之道。書香、茶香，乃相得益彰也。

（七十一年八月一日臺灣新生報書香旬刊）

讀書價值觀

讀書的目的何在？讀書的價值若何？這是一個很重要的問題。隨着時代的變遷，一般人的觀念不同，所得到的答案，也有所差別。

從前在專制時代，實行科舉考試，一般人都爲求取功名而讀書，所謂「十年窗下無人問，一舉成名天下知。」只要考取了舉人、進士，不愁不能升官發財。雖然士農工商各執一業；但「萬般皆下品，惟有讀書高。」士爲四民之首，讀書人在社會上非常受到重視。

又因爲在農業時代，社會結構單純，國家閉關自守，沒有西洋文化的輸入。讀書人要讀的書，範圍也非常狹窄，莘莘學子，平常所揣摩的，無非是國學古籍，詩賦文章；至於琴棋書畫，乃是業餘和次要之事。一般知識份子，大都只有做官和做詩兩件事；而做官的人，大都擅寫詩詞。年輕人只要用功讀書，詩賦文章做得好，求得功名，不愁沒有出頭的機會。一位士人往往因爲一首名詩，一聯名句，贏得當政者的激賞，便可以揚名天下，而走入仕途。

所以一般為父母的，那怕是生活環境再苦，也要讓孩子讀書；因為自己吃過不識字的苦頭，總希望自己的孩子也能出人頭地，甚至高中狀元、進士，以光耀門楣。一般人不但注重讀書，而身為老師的，也隨着受人尊敬了。

過去的人，把讀書當做一種職業，一般人也以耕讀傳家。他們自詡以筆為犂，以硯為田，只要書讀得好，不愁沒有飯吃。宋代皇帝眞宗，不但勉勵人書中自有華屋美眷，而且有高車駟馬，可以食祿千鍾。知識份子受到這樣的激勵，難怪當時一般人都要死讀書了。

更因為從前政治專制，人民頭腦醇厚，當縣太爺的只是在做官，而不注重做事，當皇帝的只要有一二重臣，把國家治好，便可以穩坐江山，安享皇帝的基業。教育上不必講求科技，自然科學本來沒有，無從去謀求發展，讀書人只有去專精國學。只要書讀得好，自然有出息。讀書人的地位，和讀書的價值觀念，就隨着提高了。

自從歐風東漸以後，國人受到西洋文化的激盪，和固有民主思想的覺醒，使大家改變死唸書本和做官不做事的觀念。又因為當時國家政治腐敗，夜郎自大，難敵西洋堅船利砲之轟擊，以致割地賠款，喪權辱國，國家一蹶不振，淪入次殖民地的地位。所以有心人士，才倡導科學救國，非迎頭趕上歐美，不能挽救國家的危亡。

國父推翻滿清，創建民國。先總統　蔣公領導對日抗戰，贏得最後勝利，提高了國家的國際地位。近三十年來政府在臺灣的各項建設進步和經濟發展，使外人刮目相看，譽為奇蹟。雖說大

陸河山未復，但中國人畢竟在世界上擡起頭來了。

但是，由於國家的建設蓬勃發展，社會經濟繁榮，國民所得提高，大家生活富裕，以致一般人偏重物質享受，而忽視精神生活，更輕視讀書了。少數人只知道住洋房，駕轎車，家中少不了豪華客廳，酒樹上琳瑯滿目，而不見有書本的陳設。平時忙於交際應酬，更遑論去接近書本了。

知識分子的所得偏低，難比生意人的生活優裕，社會上以收入多寡，來衡量職業地位。一個大專畢業生的收入，有時候比不上一名工人，所以有人曾慨歎讀書無用，雖說是一時的偏激之言，但看看現在的社會，有些確是事實。

至於多讀書有什麼用？那只是價值觀念的問題。人之所以爲人，除了爲自求生存以外，還要有爲社會服務的人生觀。國父說：「革命的基礎，在高深的學問。」又說：「人生以服務爲目的。」要立志革命，要爲社會服務，當然非多讀書不可。古人以立德、立言、立功爲人生三不朽。聰明才智愈大者，當爲全國人民服務，造千萬人之福；聰明才智較優者，當爲社會大衆服務，造千百人之福；至於一般衆人，更非多讀書不可，以適應本身生活的需要。書有書香，錢有銅臭，一個雅人與俗人的差別，只要稍從他的氣質和談吐上，便可以判別出來。

要知道國家經濟起飛，還要靠讀書人的經營謀略，不是光怪工人的舖沙堆石。多少人勞心勞力，大家才有今朝；如果大家都不重視讀書，那我們勢將成爲落後地區人民。國家在時代的巨輪下，將要反開倒車。探本索源，惟有在大有爲政府領導之下，全國人通力合作，才能求取國家社

會的進步。

現在世界科學昌明，已到知識爆炸的時代。又因為人口壓力的增加，就業機會減少，新式科技不斷發明，機器人將要替代勞工；如果大家不重視讀書，不學習科技文明，保持現狀，就是落伍，要是只重視眼前生活享受，而不往遠處大處着想，那只是眼光短視者的想法。在二十世紀科學競爭的時代，惟有多讀書，在知識上謀求發展，才能求取國家進步，以維持個人的生活水準。

「教育救國」為中外歷史家所公認，而救國之道，首重科技。要求科學的發展，惟有大家多多讀書，充實知識，才能適應時代要求。所以追求知識，充實精神內涵，是作為一個現代國民的基本要求。

除了自然科學和學以致用以外，一個人不得不不有文學的修養，以陶冶性靈。日本雖然已躍為經濟大國，發展物質文明；但日本國民讀書風氣仍然濃厚，贏得外人的讚譽。所以多讀書，多看文藝作品，仍不失為調劑精神生活的良法，只是要知所選擇罷了。

有人說，一部偉大文學作品的問世，它的潛移默化力量，可使社會上減少一座監獄。西人所謂「知識即道德」，一部好書，對於社會風氣的改善，當有莫大的裨益。甚至還有人說，一位偉大作家的筆端情感，可影響或抵擋一個兵團的戰力，此言並非誇大。

俗話說：「好景怡人性，好書清人心。」讀書不但可以富國利民，求取利用厚生之道，而對

於心靈生活的陶冶，遠勝於普通娛樂。如此說來，我們應該重視讀書的價值觀念，多多讀書才行。

（七十一年十月一日臺灣新生報書香旬刊）

讀書的心態與方法

為什麼讀書？怎樣讀書？中庸上說得很明白。它說：誠實，是天理的本然；做到誠，是人道的當然。人要明善，而且要擇善固執，凡事要止於至善的境地。如此說來，讀書的目的，在乎明理，在乎誠實，也就是明是非，別善惡，自強不息的意思。從修身而齊家，進而為國家社會服務。

「博學之，審問之，慎思之，明辨之，篤行之。」是古人求學的五個層次。從廣博地學習，詳細地請教，經過慎重地思考，明白地辨別，進而切實地實行。要學就要完全學會，要問就要問個清楚，要想就要想出道理，要辨就要分辨明白；如果中間有某個階段，學習上有問題，決不放棄，一直學習到底，等到豁然貫通，以求學以致用，即知即行。要實行就要切實地去做，而且要做出好的成績來。

至於讀書的方法，宋代大儒朱熹說：「余嘗謂讀書有三到，謂心到、眼到、口到。」也就是

眼觀，口誦，心維。近人又加上、脚到，認爲求學不但要用腦去想，還要用手去習作，更要用脚去探察。不但要讀有字之書，而且還要讀無字之書，所謂「世事洞明皆學問，人情練達亦文章。」即是此意。

司馬遷因嘗周覽天下名山大川，始能寫成偉大的鉅著「史記」。明代顧炎武出外旅行時，輒載書自隨，以所見與書本所記相印證，故能成其「天下郡國利病書」。古人很重視「讀萬卷書，行萬里路。」他們早有讀書五到的倡導；所以我們讀書一定要讀活書，舉凡社會經驗，人情世故，無一不是我們學習的對象。必須身心並修，手腦並用，眼到脚到，實事求是，才有眞實的心得。

近讀清人張潮幽夢影一書，對於讀書的層次，又有一番新的銓釋。他說：「少年讀書，如隙中窺月；中年讀書，如庭中望月；老年讀書，如臺上玩月；皆以閱歷之淺深，爲所得的淺深耳。」少年時代讀書，只是奉父母之命來讀，雖然有嚴師的教導，同樣是在一起讀書，有人專心致志，心無旁鶩；有人則一心以爲有鴻鵠將至，思援弓繳而射之。就如在空際中窺望月光，有人逼進門縫，稍有所見，有人只隨眼一眸，只見一片迷茫。所費的功力多，收穫就愈大。經驗閱歷雖淺，仍是讀書的黃金時代；如果爲混時間而讀書，或者只是想讀書而不認眞鑽研，雖然有皓月當空，也難見清輝美影了。

人到中年，年歲漸大，閱歷漸深，且已婚嫁生子，事業有成。或因需要而讀書，或因修身而

養性，旣無父母督促，又無嚴師鞭策，完全基於自己的愛好，主動來讀書；就像是皓月當空，清

輝照地，一個人置身庭中，或坐或立，或俯或仰，靜賞美麗的月光，默察風雲的變幻。或雲破月

來，好花弄影；或明月高掛，星光滿天，完全是一種美的感受。人生經驗旣豐，讀書的興趣，隨

著增加，領悟也更多了。

　人在少年時代，只知道要讀書；中年時代，變成喜好讀書。古語說，知之者不如好之者，讀

書的感受，樂在其中，所學也比較深刻。平時一卷在手，神交古人，書中世界，任你遨遊神往，

令你廢寢忘食，令你樂以忘憂，不知老之將至云耳。

　人到老年，年齡愈長，閱歷已深，且領悟力更大。學問文章，已厚植基礎，道德修養，更臻

於高境。孔子所謂六十而耳順，七十而從心所欲，不踰矩。所以一般聖哲學者，愈到老年，求知

欲愈高。這時候讀書，好像獨立高樓，舉頭玩月，盡得青空美景，正是「半畝方塘一鑑開，天光

雲影共徘徊。」書中情境，猶如源頭活水，神遊書海，已登堂入室，浸淫其中，其樂無比。所謂

「好之者不如樂之者。」這時候，有了淵博的學識，和豐富的人生體驗，得以立言立德，使後人

知所效法，爲讀書之最高境界，值得景仰。

　總之：讀書要博要廣，更要講求方法，爭取時效；而且要知所選擇，不可瞎濫讀書。少年爲

前途讀書，必須不忘愛鄉愛國。中年人學以致用，志在復興邦國，造福人羣。老年人傳道授業，

使中華文化歷久彌新。而讀書的目的，首在明禮尙義。孟子說，人有不爲也，而後始可有爲。處

此國難當頭，一切應以國家民族、全民福祉爲前提，再不是爲個人升官發財、爲黃金屋、顏如玉來讀書了。

（七十一年六月一日臺灣新生報書香旬刊）

背書聲裏念師恩

在上國文課時，我問學生說：「什麼叫做背書？」

「背書就是背書。」他們異口同聲地答道。

「那麼，背書的背怎樣解釋呢？」

他們都茫然不知所答。

⋯⋯⋯⋯

由於時代的遞嬗，社會型態的變遷，一般人都不講究背書；而且，他們沒有那種背書的經驗，難怪學生們回答不出來。

什麼叫做背書？

照我的解釋：「所謂背書者，就是背對着書本，誦出書文也。」從前，在農業社會的私塾裏，大都採用這種教學方式，學生要死背書本，以求熟記。後來，新式學校設立，採取班級敎

學，注重學生理解能力，雖有國文老師要求學生背誦；但採取的方式不同，更沒有那種嚴格要求了。

我是生長在新舊交替的時代，讀過幾年私塾後，再去插班讀小學。私塾裏，所讀的大都爲四書和雜記範本。老師圈點若干章節教讀以後，不加講解，就要學生讀熟拿來背誦；背好後，然後再教再背，必須背熟若干進度以後，才可放學囘家。

背書時，把書本放在老師桌上，背對着書本，面向外張脚左右擺晃，口誦書文；老師觀書靜聽，必須背得一字不錯，始可再教下一進度。私塾裏不但沒有英、數、理、化，更沒有體育、音樂、美術，整天都是讀書、寫字，頗覺枯燥乏味。

私塾的教學方式，是不到開講時，不給學生講書。初入學幾年，只是死讀死背。我只讀過三年私塾，還沒有到開講的年齡；但已讀完四書，五經中除禮記、易經未涉獵以外，其他都算讀過。雖然未能大部了解，但由於老師要求嚴格，大都分章背誦過，至今仍印象深刻。以後溫故知新，自行鑽研，仍然可以活用。古話說：「夫子之牆數仞，不得其門而入。」國學浩如煙海，古籍汗牛充棟，我不敢奢望登堂入室，但總算稍啓其蒙。飲水思源，不得不感謝私塾時孫、張兩位老師的諄諄教誨，和背誦的功勞。

後來，我插班讀小學五年級，當時因鄉村敎育不發達，大都讀過幾年私塾以後，再去讀小學。所以國小五年級的學生，很多已經結婚生子，和現在國小學生相比，難免引爲笑料。

由於學生年齡較大，國小的國語課本，比現在艱深得多。又因爲當時沒有升學的壓力，老師可以自由選擇教材；而教我們國語的那位范老師，雖然年齡不大，但國學根基，却非常深厚。他爲我們選了很多篇古文，作爲補充教材。除了詳細講解以外，還要求我們切實背誦，毫不馬虎，眞是一位難得的恩師。

三十多年以後，一次我在寫作時，遇到描寫情景相似的文章，筆端忽然冒出幾句古文，引用後，竟然不知其出處。因爲讀過的文章太多，一時無從查考。

例如：我寫一處雨後山景，忽然引用古人詞句：「山巒爲晴雲所洗，娟然如拭，如倩女之靧面，而髻鬟之始掠也。」

又如寫此地山居，雨後多霧，風勢驟強，曾引用：「局促一室之內，欲出不得；每冒風馳行，未百步輒返。」

這些引語，在爲文時，語隨筆至，在文中增加寫景力量；然而，多年來始終找不到出處。直到有一年教學國中國文時，後面閱讀舉隅裏，收有明朝袁中郎的小品文「滿井遊記」。當我在講解該課課文時，忽然發現有上述兩則引語，正是「踏破鐵鞋無覓處，得來全不費工夫。」一時喜不自勝，儼然一重大發現；而舊時恩師教學情景，回映腦中，使人憶念難忘，更難免引起惆悵之情。

此外，范老師還教過明朝歸有光的「項脊軒志」和「先妣事略」等文，當時均經徹底背誦過；後來在寫作時，亦曾於無意中引用。當我找到原文時，再加誦讀，倍感親切和神往，師恩浩

蕩，感佩難忘。

「林覺民傳」和「與妻訣別書」，也是范老師在當時教過的。這在抗戰期間，喚起青年從軍報國，影響甚大。後來，在故鄉淪陷時，我之所以毅然棄學從軍，投考軍校深造，可說受范老師的影響甚大。

現在，國中國文課本，收有「與妻訣別書」，幾次在講解該文時，我便引用「林覺民傳」部分內容，對照補充講解，使學生深受感動，增加教學的效果。因為其中章節，大都尚能背誦；可惜原文迄今尚難找到。

我在國小六年級和初中三年級的國文老師，都是前清時代的秀才。教學時，給我們背誦過很多篇古文，使我獲益匪淺。一位陳老師，竟把他當年考秀才中榜的論文——「東晉南宋比較論」抄給我們背讀；使我們不但學習到國文，更增加史實的了解。

現在，我也在講臺上教學國文，自慚腹笥不多，難免誤人子弟。也曾要求學生背誦課文，但由於時代不同，學生懶於精讀。即或臨堂要求他們背誦，也只是全班站立誦讀，無法嚴格要求，每感心有餘而力不足，更愧對昔日恩師的苦心教誨。

「背書聲裏念師恩」——這是我在教學和寫作上，對過去教過我的許多位國文老師的懷念與感激之情；而我對國小時代范老師的教學印象，更為深刻難忘。

（七十一年十二月一日臺灣新生報書香旬刊）

懇切的叮嚀

──讀「給青年朋友的信」

由於時代的變遷，社會繁榮進步，更由於人口壓力的增加，形成升學與就業的競爭；一般青少年處在這新舊交替的時代，一時頗難適應。大家物質生活雖然提高了；但精神生活甚感苦悶，這在中老年人如此，在青少年尤為顯著。

還有，便是婚姻的徬徨、戀愛的失敗、升學的壓力和就業的困難，以及結婚後生活不美滿，事業的不如意，在在都是問題。這些人如果沒有師長的教導、社會的關懷、父母的寬慰、和朋友的勸勉，往往會自暴自棄，形成社會問題；甚至會走上極端，造成個人的悲劇。

所幸大部分青年人，都能力爭上游，有為有守。他們在求學或工作之餘，把工作寄託在讀書和寫作方面；可是，由於現在印刷業發達，書店裏的書籍，真是汗牛充棟，不知要選讀何類為好？他們雖有志寫作，但在摸索中受不住退稿的打擊，無異給他們澆上一頭冷水，這在他們更需要一位熱心長者的指導。

前輩作家謝冰瑩女士，向來熱愛青年，獎掖後進，喜歡和青少年朋友通信，為他們解答切身的問題。最近她把多年來和青年朋友通信的書札，整理成一套「給青年朋友的信」，交由三民書局發行。本書是以書信的方式，回答青年朋友所提出的問題，內容約略分為兩部分：上冊是對青年朋友最關心的交友、戀愛、結婚、離婚、讀書、寫作等問題，給予詳細而親切的解答。下冊為作者以五十多年的寶貴寫作經驗，告訴青年讀者怎樣寫散文、小說、戲劇、電影、兒童文學和怎樣欣賞世界文學等。

這兩本書不但為青年朋友解答許多的切身問題，消除精神上的徬徨、苦悶，提出可解決之道；更是一套供給青年寫作參考、讀書指南的精神上安慰的好書。這是一位老作家的愛心表現，更是一位長者的懇切叮嚀。

作者是不贊成中學生談戀愛的，如果要交異性朋友，必須把友誼與愛情分開，不可因感情衝動而缺乏理智，以致陷入苦海而不能拔救。

失戀了怎麼辦？結婚是不是戀愛的墳墓？怎樣選擇對象結婚？離婚以後怎麼辦？在這些問題裏，作者都有懇切的分析，提供如何自處之道。

在上冊裏，作者對青年人提出許多有關「讀書與寫作」的問題，有很詳盡的答覆，與懇切的勸勉。

作者出身於讀書世家，其令尊及兄長均酷愛讀書，家中藏書多達五、六萬冊。她在中學五年

裏，閱讀世界名著即多達五百種以上，奠定了她日後寫作的基礎。

她勸告年輕人讀書要有計畫，凡事要把握今日，不可等待明天。年輕時代不懂得珍惜時光，到了老年才知道時間的寶貴；可是，日月逝矣，已經追悔莫及。

謝女士平日有寫日記的習慣，除兩次因不得已而短時間停筆外，自稱六十年來從未間斷。她會利用零碎時間，腦子裏常在打腹稿，平時所見所聞，都是她寫作的素材。那怕是片刻時間，她會利用膝蓋提起筆來寫作。有時候，一篇兩千字的散文，曾放下筆達四十二次之多。

她回答青年朋友提出二十個寫作的問題：解釋什麼叫做靈感？怎樣抓住靈感？怎樣蒐集材料？如何處理題材？多讀、多想、多寫，才是寫作成功的不二法門。要想文章寫得好，除了主題正確、內容充實以外，還要不厭其煩地修改，才能使寫作日漸有功，達到爐火純青的境地。

在下冊裏，作者對「讀書與寫作」諸問題，有較深度的答覆與論述。她介紹一些西洋名作家如托爾斯泰、斯蒂芬遜、左拉、巴爾札克；還有福羅拜爾、莫泊桑、哥德、拜倫，以及羅曼羅蘭、迭更斯、都德、大小仲馬等名作家的名著和寫作歷程，正可供有志寫作的青年朋友的借鏡。

她說：散文的篇幅往往較短，但愈短愈難寫。作者必須先有文學的素養，多讀多寫，使文章簡潔流利；此外還要有敏銳的觀察、豐富的想像、熱烈的感情和正確的思想，……必須平時多加磨鍊，等到功力深厚，自然寫得出好的文章來。

怎樣寫小說？尤其是短篇小說，這是一般有志寫作的青年所最關心的問題。作者除介紹短篇

小說的定義、構成的要素、寫作的技巧，和應該具備的條件以外，還引用海明威的話說：「一篇小說最要緊的，要有一個動人的故事。」作者強調：文藝有社會性、時代性、和現實性的；它的使命在指導社會、創造人生。有人說，作家是人類心靈的工程師，由這裏便可以體會出來。

如果你想學寫電影脚本，喜愛兒童文學，欣賞世界名著，和探求一些文藝理論，書中也都有範例和介紹。作者的熱情、誠懇，在答覆讀者的問題中，處處可以看到。

謝女士自稱已到望八之年，但她的熱情和意志，仍然沒有衰老；甚至童心未泯，仍然能和青年做朋友，更喜愛和小朋友通信。她曾經跌傷了右手，練習改用左手給青年朋友寫信。有時候，因爲疲勞頭暈，或是手痛、眼疼，一封信停筆五、六次，仍然要把它寫完。

作者勸告青年人：我們不做溫室裏的花草，要做暴風雨中的古松；不是象牙塔裏的嬌兒，而是冰天雪地中的梅樹。我們的生活愈艱苦，愈顯得我們的人格清高；命運愈悲慘，便愈能寫出感人的文章。只有能忍耐、不怕苦的人，才有成功的希望。

以上這段話，不僅是老作家的勸勉之言，更是一位長者的叮嚀告誡，和一片愛心與期望之忱。

青年朋友們！看完了這兩本書，我們能不感動振奮？我們還有解決不了的問題嗎？

（七十一年六月二十一日臺灣新生報書香旬刊）

孩子的書房

西諺有句話說：「一間沒有書籍的房子，正像一個沒有窗戶的房間。」照這樣說來，一間房屋固然不能沒有窗戶；同樣，一個家庭更不能沒有書樹。因為書籍是儲藏智慧的不滅明燈，撇開學以致用不說，多讀書可使人變化氣質，增加生活的情趣；讀書有益於身心，猶運動有益於身體。所以西人西塞羅說：「室中無書籍之擺設，好像人的身子缺乏精神一般。」可見書對於人生的重要性。

教了很多年書，我常以「我的書房」來作為作文課的題目，教學生作文。有人說：我從國小到現在，一直沒有書房，要讀書寫字，家中沒有固定場所；尤其在電視機旁做功課，很不能靜下心來。

有人說：我家雖有一間書房，是和兄弟姊妹們共用的，大家搶着佔位子，讀書很不方便。

又有人說：我以前沒有書房，因為新蓋有樓房，兄姊們已經長大外出；爸媽為我另闢一間書

房，我的讀書環境很寧靜，我應該感到滿足，安心讀書。

從以上看來：有的人沒有書房，希望有個書房，甚至想要個獨用的書房；有的人已經擁有一間書房，生活感到滿足，像這種情形的人，說來比較少。

無論有否書房，他們都異口同聲地說，他們都缺少書籍。有人說，他們雖擁有書房，但書架上書籍很少；除了一些教科書和畫冊以外，課外讀物非常的少。

從前的社會，因為教育不普及，讀書的人不多；即或讀過幾年書，後來因為謀生的關係，已把讀過的書，束之高閣，甚至不知去向。因此，家有藏書，在以前算是一種奢侈，更遑論擁有書房了。

現在，由於社會經濟繁榮，而且教育普及，受過大專教育的人，到處可見；但是，話說回來，因為國民生活水準提高，大家都偏重物質生活的享受，而忽視精神生活的充實；除了一些學者、知識分子經常讀書，關有書房以外，一般人很少有專用的書房來讀書，倒是客廳裏不能沒有酒樹，以顯示新居的氣魄。所以有心人士早已大聲呼籲——變酒樹為書樹，希望少講究排場，多吸收點書香氣息。

這種呼聲，近年來好像有些效果。君不見有些大部頭書，一批批出籠，雖然價格昂貴，偏偏銷路奇佳；尤其是精裝的畫冊書籍，購買的人更多，可見很多人已很注意讀書了；至於買的那些書有沒有去翻閱，又當別論。

成人們已經漸漸變酒樹為書樹；甚至書樹與酒樹兼具。或因工作與職業關係，無法專心讀書；但每個家庭中很少沒有孩子。我們這一代為了生活關係，不能經常接近書本；但孩子們正在求學期間，不能沒有固定的場所，讓他們安心自修。

現在，由於國民所得增加，新建的樓房，如雨後春筍，家庭擺設也很現代化；甚至住地寬敞，可供家庭舞會。除了環境較差的家庭以外，實在應該為孩子闢間固定的書房；如果真是房間不夠，也應該有所分配，以便他們好安心讀書，增加學習的效果。

孩子有了書房，但不能沒有書籍，別的錢可省，買書的錢，應該列入家庭預算；除了教科書以外，應該多為孩子買些課外讀物，而且買書應該買些好書。讀了一本好書，好像交了一位益友；甚至由書中一句話，使你一生受益無窮。同時愛讀書的人，永遠不會寂寞，一個坐擁書城的人，就像有無數的朋友陪伴你一樣。孩子們有書為伍，享受讀書的樂趣，就不會去作奸犯科，淪為不良少年了。

現在，印刷業發達，各種各樣的圖書，紛紛出版。好的書籍固然很多；但不良書刊，如暴力、色情、荒誕等刊物，仍然充斥市面。有人說，一本壞書，如一顆最黑的心，最容易引誘孩子走入邪門。所以孩子的課外讀物，如果不加以選擇，好的文藝書籍不看，盡看些黃色小說和不良畫刊；這些書看多了，非徒無益，而實有害，所以古人「開卷有益」這句話，在今天却值得商榷。

因此，做家長的，應該多帶孩子逛書店，進圖書館，為孩子選購好書，訂一兩份報章、雜誌，以充實孩子的生活園地。如果自己果眞不內行，也應該請敎朋友或學校老師；不但要為孩子多買課外讀物，也應該多和孩子們生活在一起；說不定由於孩子的書房內涵充實，減少父母許多在外無謂的應酬，這樣對家庭、對社會，都有很大的益處。

古書云：「富潤屋，德潤身。」王安石說：「貧者因書而富，富者因書而貴。」我們現在大都有新建的樓房，生活大大改善，物質條件已經很好，也應該往精神生活方面，去多加充實才對。

（七十一年五月一日臺灣新生報書香旬刊）

翠竹與韋編

從前有位士人，因為家貧，過年時年貨短缺，家中雖然藏書甚多，但煮字不療饑；眼看到對面一位大戶人家，家財富裕，大作過年準備，且環境幽雅，萊竹猗猗，顯出一片繁榮景象。這位士人，在除夕當天，忽然心有所感，作了一副春聯，貼在門上。文曰：「門對千棵竹；家藏萬卷書。」他雖然家貧；但君子固窮，自感家藏詩書萬卷，總比你一叢竹林，滿身銅臭要好，心中頗覺坦然。

這位大戶人家看到以後，心中好生氣惱。他雖然富甲鄉里，但胸無點墨，竟然被一貧窮士人所揶揄，在氣勢上屈居下風；可是又不便發作，只好悶在心裏。

第二年，他為了還人家一點顏色，在過年前夕，喝令家人把滿林竹子砍了半截，變成有竹無頭，想觸觸那位士人的霉頭，自感頗為得意。

誰知道那位士人看到後，春聯仍然照以前書貼，他觸景生情，只是把上下聯各加一字，變

成：「門對千棵竹短；家藏萬卷書長。」看看誰的頭腦靈妙。

當然，這位大戶人家更加生氣，在第三年除夕前，竟然把居家附近滿林的竹子，砍個精光，看看你還有什麼可寫？

然而，這位士人更妙了，既然對面沒有竹子，但家中藏書仍然豐富；他的春聯仍然和往年相同，只是再各加一字，變成：「門對千棵竹短無；家藏萬卷書長有。」他貧窮如故，但春意盎然，富人自認倒楣，也無話可說了。

我的住處，就在出產凍頂名茶的凍頂山麓，附近除茶園以外，又多竹林。茶山青翠，綠竹可人，環境非常幽雅。蘇東坡云：「無肉使人瘦，無竹使人俗。」我何幸寄寓綠竹叢中，洗却一身塵俗。

但是，近年來，由於凍頂茶銷路良好，生意特佳，一般人家都把竹林砍闢成茶園，使原本滿山的翠竹，變成東一塊、西一塊的童山濯濯，頓時間眼睛頗難適應。

所幸住處附近，和對面的山上，竹林仍少有砍伐，放眼滿山的翠綠，平添山居的情趣。而且，我喜歡買書，由以前一個書櫃，擴充為兩大書櫃。我無副業，教學之餘，以讀書、寫作為消遣。每年春節，我常按我的本名「世犖」二字，作兩副嵌字春聯應景，前後門各貼一副；多年來已貼過嵌字春聯將近三十副。同時，又按本姓「柴」氏，筆名「柴扉」寫就「春滿柴扉」四字，作為橫披，成為居家的標誌。

我雖家有藏書，但不敢誇稱藏書萬卷；但門對一山綠竹，卻是事實。所以今年春節，我利用住處附近環境，套用前人聯語，作了一副嵌字春聯為：「世家門對千棵竹；彝室樓藏兩櫃書。」以應年景。同時又因為山區綠意盎然，乃改「春」為「綠」，就以我的書名「綠滿柴扉」四字，作為橫披，看來名副其實。

我更希望那滿山的竹子，不再被砍伐，以免「門對千棵竹短無」，有煞風景。竹裏居人原不俗，有滿山的竹子出產，不也是很好嗎？

（七十二年三月二十一日臺灣新生報書香句刊）

腹笥與書櫥

從前的人，把人的一切思維活動，歸之於心臟器官。如讀書要用心，做事要專心。所謂「運用之妙，存乎一心。」把人與人間的情感交融，謂之心心相印。把人的心胸寬廣，以致身體舒泰，謂之心廣體胖。種種對心臟功能的讚譽，可謂用心良苦，一時講不完。

又把肚子當做裝書的器具——書箱。一般想好的文章，沒有寫出來的，謂之腹稿，自謙讀書不多，學識不豐富，謂之腹笥甚窘。把人的學識淵博，經驗豐富，謂之滿腹經綸。形容人學識淺薄，說他所喝墨水不多。批評人肚子裏沒有貨色，只空有外表，謂之金玉其外，敗絮其中。把人與人間眞誠相見，肝膽相照，謂之推心置腹。凡親信能盡忠誠者，稱爲某人的心腹。甚至言禍患之不易解除，或自內部而起者，謂之心腹之患。

唐朝，有一位郝隆先生，讀書甚多，學問淵博，但自視甚高。他常常拍着自己的肚子，自誇其中收藏的貨色甚多。有一天，他在光天化日之下，赤着身子，躺在門外曬太陽。人間其故，他

說肚子裏藏書太多，經久未用，恐怕發霉，所以祖腹曬一曬，自稱曬書，正是把肚子當做書箱的先例。

直到後來，有人發覺：凡辦事不遂心，或是心情苦惱，常感頭痛。問題想不出，常猛拍腦袋。專心聽人講話，要偏着頭，洗耳恭聽。用功太多，感覺頭腦疲倦。後經科學家的研究證實，才知道一切思考的活動，都出之於大腦，而不在心腹。所以凡事要動腦筋，只有血液循環和食物消化，才是心、腹的功用。腦爲人一身之主，沒有頭腦的人，什麼事都辦不成功。如果遇着一個頭痛的問題，要是不動動腦筋，只借重於心、腹，是無能爲力的。

但是數千年來，大家都把心當做腦，在習慣上、語詞上一時改不過來；這裏爲着敍述方便起見，姑且也把頭腦的思考功能，暫歸之於心、腹，才好明白交代。

古代的人，因爲當時沒有印刷術，文字都刻寫在布帛、竹簡上，書籍字數旣少，文字又簡，可以讀一句，記一句，把書中的內容，都記在肚子裏。讀書貴在實用，然後再表現在談吐和行爲上。因爲當時書籍不多，肚子就是書箱，用不着再買書櫥了。

後來發明有刻字印刷，漸漸改進爲活字版和鉛印，一時讀不完的書，只好暫時把它儲存，留待日後參考和抽出時間再讀；所以一般讀書人的書房，就漸漸備置有書櫥了。古話說：「溫故而知新」，讀過或未全讀完的書，留待以後再溫習，仍可悟出一番道理和心得，這時候，書櫥就發揮了代藏知識腦排字；由於印刷術發達，書籍出版多，現在更有照相製版，彩色印刷，甚至以電

的功能。

現在，由於社會經濟繁榮，新建大廈林立，一般家庭的客廳，只有酒櫥而無書櫥，早引起有心人士的呼籲和詬病。近年來，經政府和文化界人士的提倡，以及個人精神食糧的需要，一般家庭也漸有書櫥了。不過，由於印刷術發達，一般書籍都注重外觀豪華，而忽視內容充實，看來都是成套的大部頭書，但有很多是盜版、拼湊的，弄得錯誤百出。一般人買來大都作為裝點門面之用，很少有時間去翻閱，因此，腹笥與書櫥便無形中分家了。

英國人有句話說：書籍如不常翻閱，便等於木片。現代人，由於工作時間太忙，難得有時間閱讀，很多人想讀書，環境却不許可，所以買回來的書，只好束之高閣。何況有些大部頭書或工具書，並非全部皆須精讀，留待以後做參考時再翻閱，仍有實用價值。不過，真正做學問的人，便只有死讀書了。你如果真正心存讀書，一天之中，當可抽出部分時間，隨時隨地，利用零碎時間來讀書。

據說，博學的王雲五先生，曾讀通大英百科全書。文字學家魯實先先生，曾讀完四庫全書。古物學家李霖燦先生，曾讀完一套辭源。他們這種專心而有恒的讀書精神，實在使人驚奇和敬佩，真正把肚子當做了書箱。

像上面這些大部頭書，人家都能讀得完；我們所購置的一般書籍，沒有理由不常來閱讀。而且讀書要有計畫，要有恒心，經年累月，總可讀完自己所想讀的書。

爲了要充實自己，使讀書能有實用和心得。我們最好將書櫥與腹笥互相結合，時常與書櫥接近，溫故而知新。如能變書櫥爲腹笥，把書都讀到肚子裏，那是再好不過了。

（七十二年一月十一日臺灣新生報書香旬刊）

第五輯　讀書寫作

逛書店

古語說：「學然後知不足，敎然後知困。」愈讀書愈感覺腹笥窮困；長久敎學，更發現所學不多。而且，何況處此知識爆炸的大時代，科學發展，日新月異，從各個角度說來，愈感覺求知的重要。而且，學海無涯，載籍廣博，愈鑽研愈有所得，多讀書受益更多。對於一個喜歡讀書的人來說，最後，便變成爲讀書而讀書了。

我久住山區，除敎學環境外，舉目所及，都是靑山綠水，盈耳所聞，皆是鳥語蟲鳴。敎學之餘，過着半隱居的生活。如果不是經常閱讀報紙，收看電視，簡直與外界隔絕。所以，除了本身工作以外，讀書、看報，便成爲業餘生活的重要部分；至於信筆塗鴉，只是隨興之所至而已。

我因環境和個人遭遇關係，年輕時候，讀書太少，去日苦多，現在追悔莫及。昔蘇老泉迄二十七歲始發憤讀書，我乃一普通人，開始用功進修，比蘇氏還要晚上十年，所以更感覺勤學的重要了。

凡是喜歡讀書的人，一定喜歡買書；而買書便離不開跑書店。寄寓山區，遠隔紅塵數十里，要想進城購物，總要隔一段時候；而要買的書，多從報紙廣告上看來。每天翻開報紙下欄，盡是出版消息，琳瑯滿目，不知如何選購？而我要買的書，一定要符合個人經濟條件，志趣所趨，及眼睛閱讀能力。價錢太貴的，或大部成套的書買不起；字體太小、排版太密，或印刷不清、紙張太白的書，眼力又無法適應。所以我要買的書，須親自翻閱過才買，讀起來，才符合個人的要求，而不致有吃力之感。

我逛書店的目的，除了要買適合自己閱讀的書籍以外，便是瀏覽各新書面貌，了解出版界動態；而最重要的，便是想多沾染一些書香氣息，來洗滌個人的塵慮。所以每次進城，百貨公司和電影院卻難吸引我，只有書店、圖書館，才是我嚮往的所在，也只有多瀏覽書籍，才能滿足精神上的需求。

一般報紙上的書籍廣告，大都說得其好無比，又不斷有人為文捧場，看過報紙以後，未免有些心動，實在也想去買一本；但是一經親自翻閱，不是字體太細，便是版面太密，甚至內容名不副實；所以好些世界名著、古典文學、和一些新文藝書籍，因為印刷缺少改進，只好對書興歎而不想問津。到底人到中年，缺少年輕時候那種讀書的能耐；所以讀書貴及時，乃是年輕人的專利。

有些古典文學，雖然重新排版，外表裝訂豪華，字體也已放大，但版面仍因舊貫，沒有分段分行；以致整套厚書，讀起來非常不便，而紙質太白的，又有損目力。有些新版書雖然郵購回

來，但一經翻閱，就不想再讀；只好擱置在書櫥裏，常有望書興歎之感。只有寄望以後逛書店，另覓新版，再行購買；所以同樣的書，有些都買過幾樣版本，未免浪費財力。以後凡廣告上宣傳再好的書籍，再不敢貿然郵購。只有在書店裏親自翻閱過，才安心購買回來。

鄰近鎮上有家書店，頗具規模，藏書不少，大約每半個月，我就要去光顧一次。在鄉間雖然也能買到好書，但畢竟沒有一般大書店齊全；所以有時間我便往臺中市發展。一方面是購買日常用品，而重點便是逛書店，以便選購一些好書回來。

一年難得去臺北一次，除辦事和訪友以外，便是跑重慶南路的書店，翻書翻得眼花撩亂，動輒便是大半天。走進光華商場的舊書攤裏，也好像尋寶一樣，總撿不得出來。而每次北上，又適逢國際學舍的書展，也是觀賞、買書的好機會。所以每次空手北上，總要帶一捆新舊書籍回來；雖不能說是滿載而歸，但總算不虛一行。

有些大部頭整套古籍，我雖然一時無法購買，但可以趁機瀏覽要點，或查證某一典故出處，獲取第一手資料，算是逛書店另一種收穫。當然，我不全是白揩油，有些重要典籍，事後還是分期購買回來。

我曾多次為文，建議出版界：以後出版新書，外觀豪華固能吸引讀者，而內的改進才是首要之途。排版時，版面必須鬆疏，字體最好沿用老五宋，而對舊書舊版的重新分段，和新式標點，必須再下功夫；果能如此改進，那眞是為讀者造福了。（七十二年七月二十四日中央日報）

讀書與寫作

為什麼讀書？隨着各人的身分、年齡與需要，而有所不同。學生讀書，為開創光明的前途；教師讀書，在求教學相長；而一般人讀書，在求學以致用。或為充實知識，或為業餘消遣，或應工作和職業的需要，或為修養性靈，要皆以讀書為先着。至於對一個喜愛寫作的人來說，除了充實生活經驗以外，惟有多多讀書，才可以擷取寫作的素材，激發寫作的靈感；沒有一個學者或作家，不需要勤奮讀書，就能寫得出好的文章來。

古人說，讀萬卷書，行萬里路。書籍是前人智慧的累積，記在紙頁裏，大都是呆板的；要想靈活運用，惟有出外旅行，多瀏覽，多觀察，以求與書本相印證，才能運用自如。

所以很多作家，在靈感一時枯竭之餘，大都出外旅遊，以求舒展心胸，擴大眼界；如此，寫出來的作品，才能深遠廣大。不過，旅遊固然重要，但限於各人的環境，未必都能隨心所欲；但把握機會讀書，却是一般人都能做到的。因為書籍是前人生活的精要，卽或不能暢所欲行，但如

飽讀詩書，仍然寫得出良好的作品。杜甫不是說過：「讀書破萬卷，下筆如有神」嗎？這種神來之筆，都是從書本中得來。

在我所知道的作家當中，從他們的作品或談話裏面，知道他們過去都讀過很多書，尤其在年輕時代，就已打好寫作的基礎。或因家學淵源，或因生活環境，他們在小時候，就背誦過許多詩詞，讀過很多古籍，尤其是看過許多中外名著，再加上他們後來豐富的人生體驗，所以他們寫出來的作品，大都擲地有聲，可以一讀再讀。

也有許多多產作家，自稱筆不停揮，經常都在寫作；但他們除了寫作以外，缺少進修的時間。他們寫出來的作品，固然受到某些人歡迎；但細讀其文，感覺缺少內容，文章只是淡淡的，使人讀過之後，難得一點收穫。梁實秋先生曾以烹調蘿蔔湯，比喻寫文章。他勸人：「多放排骨，少加蘿蔔，少加水。」寫文章必須言之有物，使人讀來才不致淡而無味。這蘿蔔湯裏的排骨，就好比文章裏的精華；而精華的獲得，也必須從書本中得來。

很多名家學者，在旅遊歸來後，固然可推出一系列的優良作品；但有些人在文章不能突破時，便閉戶讀書，想從前人的書卷裏，吸收其經驗智慧，以作其寫作的借鏡。因為生活體驗固然重要，作品的風格，也因人而異；而文筆的運用，和辭藻的修飾，還須從書本中學習。沒有一個不學無術的人——雖然有豐富的人生經驗，雖然走遍全世界——而可以自然下筆為文的；更何況著書立說，傳之後人？所以讀書對於一個喜歡寫作的人，尤其重要。江郎之所以才盡，因為他晚

年生活變化，缺少讀書的緣故。

一個作家，寫出來的文字，必須對讀者負責。讀者可從他們的作品裏面，吸收其精華，以作其學習心得。因此，作家讀書，不但要廣要博，更要專而且精。引用成語典故，必須忠於原著，不可任意竄改，甚至張冠李戴，交代不清。所以作家除博覽羣書以外，更須具備多種參考和工具書，下筆時，細心查證，才不致誤筆或錯用，以免引起誤解或疑猜。

我常從讀書當中，發現古人所用的錯別字，後人引經據典，認爲可以通用。而近代的作家們，也不少人在名書名文裏，喜用錯別字。一般人也認爲某名家如此用，大概不致有誤，很少人去輾轉查證，尋求正確的答案；以致言人人殊，以訛傳訛。一般報章、雜誌和書本裏面，某些錯別字，大家都互相沿用，習焉不察；作者錯誤到底不說，更造成讀者的反學習效果。

魏文帝曹丕在典論論文上說：「蓋文章，經國之大業，不朽之盛事。年壽有時而盡，榮樂止乎其身，二者必至之常期，未若文章之無窮。」春秋魯國叔孫豹論古人三不朽，曰：「太上有立德，其次有立功，其次有立言。」司馬遷著史記，自謂：「欲以究天人之際，通古今之變，成一家之言，藏之名山，傳之其人。」孔子將「文學」列爲敎學四科之一。可見古聖先賢，都很重視文學；至於著書立說，更視爲傳世之作了。

蓋文學範圍，涵蓋最廣，包括了詩、詞、戲劇和散文、小說等。它能啓迪人生，反映時代，一篇純正優美有肉有骨的文章，不但可以振奮人心，更可以改造社會。而文學作品的發皇，更可

以振興國家，與滅繼絕。有人說：「作家是人類心靈的工程師。」、「文學是攻心的利器。」一個從事文藝工作者，其對社會、人類所負責任之重大，不言可喻。由此可知，文學對時代所負的使命，更是起衰濟溺，影響深遠。

所以作家除了多寫作、多觀察以外，更須多多讀書；唯有勤奮向學，才能寫得出更優良的作品。

（七十一年九月二十三日臺灣日報）

買書甘苦談

我小時候讀書不多，在抗戰期間求學，由於當時物資缺乏，鄉村文化水準落後，不但買不到課外書，連報紙也看不到。直到上初中二年級以後，才可看到兩週前的「歷史新聞」；至於什麼叫做雜誌，那只是聽說過的名詞而已。

那時候的學生，除了教科書以外，什麼書也買不到；除了手抄一些古文讀讀以外，根本無課外書可讀。青年人求知慾無法滿足，精神上難免感到寂寞空虛。

長大後，離開家鄉，每到一個地方，首先便是逛書店、跑圖書館。雖然口袋不充實；但經常總要買一兩本書閱讀。

來臺後，養成每天閱讀報紙的習慣，看定期的雜誌；只要是自己喜愛的書，而環境適合閱讀的，我都要設法買回來，以彌補過去少讀書的遺憾。

因此，我經常留心報紙廣告，只要有新書出版，適合自己閱讀旨趣的，便設法郵購回來，或

到書店裏去翻閱選購；而買回來的書，除了大部頭及工具書以外，一定要盡量閱讀完畢，甚至勤做筆記，以求取眞實的心得。

以前出版的書，印刷不甚精美，字體大都細小，編排也不甚理想；但是我還是照買照讀。因爲以前年紀輕、眼力好、體力旺，一般細小的字體，在昏黃的燈光下，讀起來並不感覺吃力。經常午夜芸窗，一燈如豆，勤讀不輟，實在領略到許多讀書的情趣。

時隔將近二十年，現在買起書來，讀起書來，總有一份難以排遣的感歎。原因是很多內容很好，而眞正想要研讀的書，由於編排太密，字體太小而無法閱讀。每次拿起這類版本的書來，只見書頁內密密麻麻，字體和小螞蟻差不多，旣不分段分行，而且一直排下去，讀起來敎人喘不過氣來；尤其是字體太小，讀不到幾頁，不覺頭昏目眩，全身細胞緊張，終致無法完篇；較之過去見書就讀，想讀多少就讀多少，無論郵購的，現買的，都可以把它讀完，沒有浪費金錢和篇幅，簡直不可同日而語。

我所購買的書籍，大概分爲古籍、詩詞、古典文學和新文藝等種。現在印刷業發達，不但新書大批出籠，而且印刷精美，裝訂講究。以前不方便閱讀的書，現在都有人挖空心思，補充注釋或語譯；甚至把以前舊的版本，重新排版，分段標點，給現代的讀書人很多閱讀上的方便。所以過去我所買的書，由於現在版面改善，我都重購新的版本。每次買到一本好書，首先便欣賞把玩不已，而後認眞閱讀；讀完以後，必定妥善儲存，放在書架上瀏覽欣賞，好像購置到一份產業似

的高興。因此，只要是自己喜愛的書，那怕是價錢貴一點，我都要購買精裝本；別的錢可省，買書的錢，我在所不惜。

不過，現在仍然有些書局，不朝字體、編排上改善，儘管外觀裝訂考究；而內容仍一如舊貫。每次想購買這類的書，只要先打開一看，見到那像螞蟻一樣的字體，我便縮手將原書放回，根本不敢問津。所以廣告上的書籍，儘管宣傳得天花亂墜，我根本不敢貿然郵購；萬一買回來那些小字體，版本不好的書，既花錢又不能讀，只有望書興歎的份兒。有些古典文學，雖說重新排版，把字體放大；但仍然不分段落，且版面寬大，排得又密，讀起來仍然相當吃力。

有些古籍和詩詞，雖然現在有人加以注音，重註和語譯，行文流暢，印刷精美，閱讀起來，實在給人方便不少，更可以滿足一般自修生的求知慾；可是在我看來，缺點仍然很多。有些正文字體大，而註解字體又太小。有些文句直譯，與原意相左，甚至把它譯錯了，很難買到一本理想的新譯本。所以買現在註解和語譯的新書，在信心上早已大打折扣。想要再去翻閱古版對照，不但花費腦筋，甚至很難買到良好的版本。因為一些原版線裝書，除了圖書館留存和一些學者專門研究以外，市面上根本買不到。有些新版本古籍，市面上雖可買到，可是無頭無尾，那些原來的序文和凡例，都被刪除；甚至原著作者姓名和年代都找不到。

每次研讀古籍和詩詞，遇到難解的詞句，我都要對照好幾樣版本，才能求取正確的答案；而

這些書籍字體太小，研讀困難，仍然是我一大忌恨；至於編排欠佳，尚在其次。所以這些書儘管外表裝潢再好，以後再不想問津。

我真不懂現在一般出版業者，在現代印刷條件良好的情形下，為什麼只專注重外觀精美，而不多為讀者的眼睛想想。如果一般書籍，都能放大字體，將版面排稀疏一點，並且分段分行，標點正確，即使價錢貴點，讀起來仍然值得。如果請人翻譯，也要慎重物色，不可粗製濫造，搶着出書；而出版的古籍，必須儘量保持原貌，千百年後，版本才不會失傳。要是都能照上面所述，放大字體，改進編排；不但可減少許多現代的近視眼，而中年以上的讀者，更是有福了。

（七十年十月一日中華日報）

寫作與讀書

前在某報曾發表「讀書與寫作」一文，今又續撰「寫作與讀書」，表面看來，兩者的題旨頗相類似；但細析內容，仍然有所差別。前者在闡述讀書對寫作固然重要，但仍須增加生活體驗，所謂「讀萬卷書，行萬里路」，強調多讀書、多旅行，兩者互為啓發，相輔相成，才能寫得出更優良的作品；後者在說明旅遊與生活體驗，對寫作固然重要，但如果因為客觀條件，不能擴大見聞，只要多讀書，吸收別人的經驗智慧，仍然可以寫得出優良的作品來。兩者的主題，都在勸人多讀書，多增進學識，能飽讀詩書，學問淵博，則殊途而同歸，對寫作同樣有益。所以，在強調「讀書的重要」上，兩者的題義則一。

很久以前，在某報看到：一位國中國文老師，對一班二年級好班的學生命題作文，題目只是一個「山」字，大多數學生，看到這個題目，都瞪視黑板，搔耳撓腮，久久無從下筆，紛紛要求老師更換題目。

「你們連『山』也不會做，要做甚麼題目？」老師頗爲生氣。

「老師，我們沒有見過山，教我們怎麼做？」學生們都舉起手來。

「那個地方沒有山？你們也太不留意了。」老師說完這話，馬上推開窗子，想指給學生們看；但他極目四望，只見西邊是一片汪洋的大海，東邊則是廣大的平原，四周浩浩無垠，連山的影子也望不到。

這時候，他才豁然醒悟，這裏是濱海地區。因爲他家住山區，看山看慣了，最近才來到這所學校的。

後來經過他的調查，在全班五十五位學生當中，竟有四十位學生沒有見過山。因爲他們家住海濱，離山較遠，又沒有出外旅行，所以便不足爲怪了。

「這樣好了，你們沒有見過眞山，在電視畫面上，在一般畫頁上，總看過山吧！」老師想出一個辦法：「你們可以去閱讀有關山水的文章，多看看畫片，或去訪問去過山的人；憑你們的想像，去做一篇「山」的文章，題目換在下次作文做，這樣總可以了吧！」他隨卽補充兩句：「但是不可抄襲，必須融會貫通，自己創作才行！」

果然，經過兩星期的蒐集以後，下次做這個題目時，學生們都能振筆疾書，把山寫得有聲有色。什麼「青山綠水、鳥語花香、崇山峻嶺、茂林修竹」都用上了。有人寫着登山望遠，視野開闊，眞是舒暢極了。甚至有人把翻山越嶺的困難，和山居生活的情趣，也描寫得非常生動，儼然

是個山居的孩子了。

他們這次作文，雖然有點像瞎子摸象，看不到實景；但憑他們細心地閱讀、蒐集，和運用他們靈活的想像能力，也能做得出優美的文章來。

晉代有位孫綽，寫了一篇「遊天臺山賦」，內容非常精彩。其中有兩句「赤城霞起而建標，瀑布飛泉以界道。」成為該文的名句。赤城是天臺山的高峯，巖壁如城，在霞光映照下全是紅色，就好像替赤城建立了標幟，山峯因此而得名。而瀑布像飛泉似的，從高處陡直下瀉，一條條的白鍊，遠望就像一行行的道路，給山區劃分了界限。因為這篇文章寫得生動逼真，歷歷如繪；不但贏得人們的讚賞，連他本人也自誇「擲地有聲」，可見其內容的精彩。

原來，孫綽喜歡遊山玩水，擅寫山水文章，每逢無法遊到的地方，往往涉覽圖書，自憑想像遊歷。其實，他根本沒有到過天臺山，完全憑想像臥遊，是一篇杜撰出來的文章。因為他學問淵博，想像力豐富，文字技巧又熟鍊；雖然他沒有去過天臺，也寫得優美動人。這篇文章，被收在昭明文選裏，成為後人寫遊記的範本。

西方哲學家康德，一生很少出遠門，他閉戶研究了六十年，才完成他的重要作品，──「純粹理性批判」，建立起他權威哲學家的聲望。他不但專精哲學，並且對人文科學、自然科學，也有不少著作。他簡直是一位天文地理、醫卜星象，無所不通的學者。

但他最著名的，却是對地理學的講演，每次開講時，不但座無虛席，鴉雀無聲，連講堂外也

擠滿了人。使人難以置信的是：這位活了八十歲的老人，一生沒有見過海，也沒有見過山，比上述那些濱海的學生還要糟。他出生在格尼斯堡，距離波羅的海只有十多哩，距離塔萊山也只有二十哩，他就是沒有時間出遊過，他是唯一的一位，一生未出過遠門的哲學家。

他雖然沒有離開過故鄉一步，但講起各地區的地理常識、山脈河流、風俗人情、物資出產，無不頭頭是道，使聽眾誤以為他在該地區曾經長期居住過。事實上，他只不過詳細研究過各地區的地圖，讀過許多地理書籍和遊記，根本沒有去過那些地方。他從書本中蒐集到豐富的資料，所以講起來才生動活現，贏得聽眾的喝采。所謂「秀才不出門，能知天下事。」因為秀才懂得讀書實用的緣故。

所以一位作家或作者，在閉戶讀書之餘，能多作旅行，以增廣見聞，當然更好。如果因環境或條件所限制，或因缺少金錢，或因時間不許可，或因身體有障礙，但只要多多讀書，吸收別人的經驗智慧，予以融會貫通，仍然可以像水到渠成，寫得出擲地有聲的優良作品來。

（七十二年三月一日中國語文）

布置讀書環境

有人說，科學愈進步，社會愈文明，人類的心靈愈為空虛；更由於社會經濟繁榮，人民生活水準提高，各種娛樂活動，使得人目迷五色，生活奢靡。一般人雖然物質生活提高了，而精神生活反而覺得貧乏。要想調劑這種生活上的不平衡，彌補心靈的空虛，唯一的方法，只有多多讀書。

讀書不但可以增加知識，經世致用；而且可以改變氣質，陶鑄高尚的人格；更可以充實精神生活，解除寂寞空虛，達到人生完美的境界。

有人說，我整天都在工作，本身事情忙不完，那有閒工夫來讀書。還有人為着生意應酬，經常都在煙酒交際上相徵逐，更沒有時間來看書。尤其是在校學生，每天課業一大堆，看電視的時間都沒有，哪能再摸其他的書籍。

這些人沒有時間讀書，表面上雖然理由充足；但實際上，只是找藉口而已，不是真正沒有時

間。

要讀書，首先該懂得讀書的樂趣。撇開為求功名利祿不談，讀書至少可以調劑緊張忙碌的生活，填補心靈的空虛，增進精神修養。

要想讀書，就得要有讀書的環境。這裏所謂讀書的環境，不是說每個人都要有一間書房，各種書籍應有盡有，像個圖書館一樣；而是說隨時都有讀書的機會罷了。

現在有人提倡以書櫃代替酒樹，讀書的風氣，已漸漸提高。有的人，家裏雖然有很多書，可是把書看得太珍貴，不是束之高閣，便是鎖在書櫃裏；要用時取閱不便，以致把可以利用的時間讓它溜走了，殊為可惜。

買書，要隨各人之所好，而讀書尤其要講求方法。光只喜歡書本，而不着手去讀，還是流為空談。一個家庭要經常列有購買新書的預算，而買回來的書，要分置適當處所，布置讀書的環境，以便隨時取閱。看過的書，固然可以珍藏；新買回的書，尤宜善加利用。

哪些書要精讀，哪些書只略讀；哪些書適合大家看，哪些書適合青少年閱讀，都要有所分類。還有哪些書隨時隨地都可以看，哪些書却要靜坐精研，哪些書需要重加溫習，哪些書隨時可供參考，也要有所分配。

例如字詞典等工具書，要放在案頭上，隨時可供查用。書房的書，要整理得有條有理，不可凌亂。客廳裏要有文藝書籍和報刊，以及家庭用書，以便隨時取閱。因為現代人工作忙碌，沒有

固定的時間讀書，只好善用零碎時間，來抽空讀書。因此，手頭上總要有本袖珍本，或報刊剪稿之類，以便把握時間。據說，日本人的讀書風氣很濃厚，候車室、火車上、電梯間，每個人都手不釋卷，這種讀書的精神，值得我們效法。那麼，我們出門前為什麼不隨身帶本書呢？

古人曾利用「三餘」時間來讀書，但以今人看來，「三餘」時間，我們仍然有事要辦。至於利用「馬上、枕上、廁上」來讀書，我們倒仍然可以學習。所以一個家庭中，要布置適當的讀書環境，除書房或客廳有書櫃藏書外，其他房間，也要有規則地散置各種書籍，以便利用零碎時間，隨手取閱。如枕頭邊有輕鬆文藝作品，睡覺前可看一二十分鐘。馬上代為車上，出門時，旅行袋內也不忘記帶本書去，以便打發無聊的時間。而洗手間，也不妨放些書刊之類的輕鬆讀物，只要利用幾分鐘的時間，即可閱讀一段有趣的文字，使你妙趣橫生。

只要你願意讀書，早上上班前，夜間晚餐後，不也是可以定時有計畫地看些書嗎？只要你有恆心，養成習慣，經年累月，讀書的收穫，仍是可觀的了。

當然，一個人除了工作以外，還要有娛樂，讀書只是生活中一部分。我們如果真正領略到讀書的樂趣，甚至把讀書也可以當作一種消遣娛樂了；只是不要做個書呆子才好。

（七十年八月十四日青年戰士報）

書到用時方恨少

俗話說：「書到用時方恨少，事非經過不知難。」這是兩句大家耳熟能詳的話。前者在說明平時讀書不多，到應用時，才感腹笥不足，頗有悔不當初之感；後者在說明人生辦事能力，隨歷鍊而增加，平時批評人家，做事不盡理想，馬後砲放得非常響，可是輪到自己來做，才知道一切事情辦起來，並不那麼簡單。所謂「不經一事，不長一智。」讀書和做事有着密切關係。

所謂經驗，乃是前人智慧的累積。這些經驗智慧，都可由書本的記載而流傳下來。如果說做事不能得心應手，問題的癥結，還在於自己學識不足，平時缺少讀書的緣故。要使大家多讀書，還得提倡讀書風氣，而讀書風氣的養成，更須大家肯花錢買書，多讀書，多閱歷，才能增長知識。

由於近年來社會經濟繁榮，一般人都貪圖物質生活的享受，而忽視精神內涵的充實；更由於社會型態的變遷，國人的價值觀念亦隨之改變。社會上以個人收入多寡，來衡量其職業地位。很

多人出了校門，爲了工作和賺錢，即不再接觸書本，以爲有能力賺錢就行。形成一般人物質生活的富裕，而每感心靈生活的空虛。一般家庭儘可有酒樹而缺少書櫃。根據一次統計國人每年花在吃喝上的錢，足可興建一條高速公路，而平均每一國民一年買書的錢，只有新臺幣四十元九角而已，顯示出物質生活和文化生活成反比的畸形現象。

一國的文化，關係其國家民族強弱盛衰至深且鉅。共匪自竊據大陸以來，毀滅中華文化，破壞倫理道德，已引起天怒人怨。大陸同胞人心思漢，渴望國軍反攻。我們在此時此地，唯有復興中華文化，重振民族精神，成爲世界上之文化大國，以三民主義之光芒，作爲反共復國之利器；

但是，沒有書香，何來文化？所以提倡讀書風氣，爲國人當前建設國家、改造社會的首要之途。

如果大家都貪圖眼前的物質享受，對讀書缺少興趣；不但數千年文化不能繼承發揚，而科學技術更無由引進。如果公務員不讀書，何能提高辦事效率，適應時代需要；經理人員不讀書，只靠工人動手，何能提高生產能力；一般國民不讀書，更無法隨時代進步，迎接資訊時代的來臨；而近年來的經濟繁榮，勢將無法長此發展。所以多讀書，增長知識，對個人、對國家、對文化發揚、和科技發展，都有密切關係。

也許有人說：：吾生也有涯，而學也無涯，處此汗牛充棟的書籍充斥時代，這麼多的書，眞是無從讀起，只好能知道多少，便算多少。表面說來，此話似覺有理；不過，這只是一般不想讀書的人的藉口罷了。要知道，現代人的工作，講究科學分工，撇開爲求學進修不談；至少要就本身

工作，能隨時代進步，而創新發展；可是，不讀書，何來學識？

教書已二十多年，深悟「學然後知不足，教然後知困」的涵義，所以我都在買書、讀書。由於個人的精神、體力和領悟能力有限，有的書只是備而未讀，臨到應用起來，搜索枯腸，難以得心應手。說句好聽的話，當教師是以「傳道、授業、解惑」為職志；可是，要想當個稱職的好老師，就有待於平時多加充實了。

因為學海無涯，我常在課堂上被學生的疑難問題而問倒，只好延後答覆，總要給他們一個明確的交代。有些教過的學生，畢業多年，仍來信向我質疑問難，使我翻箱倒篋，遍求答案，收到一些教學相長的效果。

有些年輕的同事，以為我比他虛長幾歲，遇有疑難問題，常喜和我切磋；誰知我一樣腹笥不多，只好遍找參考書籍以尋求答案，卻收到許多切磋琢磨之效。

但是，有許多問題，一時找不到，不是書籍上沒有，只是有的讀過早已忘記，有的購書未讀，有的根本就不知道，只有與「書到用時方恨少」的感歎。

有些從報章、雜誌上讀到的資料，大家輾轉引用，言人人殊，究不知何者正確，仍須多方查證，才敢放心引為己用；可是，有些要找的第一手資料，根本無從找起，只感歎自己讀書太少了。

此地有位單位主管，勤學好問，看到我常去領稿費，以為我肚子裏大概有些墨水，所以常準

備一些問題，到時向我發問。有些普通文學知識，可以隨時應付過去；而有些成語典故，只能一知半解，人家虛心向你「討教」，當然不能給人打「馬虎眼兒」，一時頗爲尷尬。於是我本「知之爲知之，不知爲不知」的古訓，也只好暫時存疑，再求考證答覆。所以以後前往，難免心存戒懼，也使得我多讀一些書。如果我平時能多蓄積一點，就不會臨時感到困窘了。

胡適博士說：「爲學當如金字塔，要能博大要能高。」既要廣而又要博，這就要平時勤學用功，學問才能博而且廣。古人說，活到老，學到老，唯寸陰之是惜；尤以今日學海之無窮，更須刻苦求學，才能收到致用的效果。

不過，我們讀書要知道有所選擇，以前人講究開卷有益，現在人只好有益才開卷；而讀書更須講求方法，當以各人學以致用爲前提；如果精力旺盛，雖能博而且精，也必須靈活運用。正如國父所說：「能用古人，而不爲古人所惑；能役古人，而不爲古人所奴；則載籍皆似爲我調查，而古人爲我書記也。」這就是我們所應遵守的讀書態度。平時多讀書、多筆記，才不致與「書到用時方恨少」的感歎。

（七十三年八月三十一日成功時報）

溫故而知新

小時候讀過的書，由於當時悟性較差，一知半解，甚至像小和尚念經，有口無心，缺乏真實的心得。稍大後，即或經過老師詳細講解，而且背誦過的書，也由於時間太久，現在需要查考時，也難免印象模糊，記憶不清，用起來更難免訛誤。

長大後，在自修時期，為求知而讀書，做學問的興趣增高了；且年齡愈長，思想漸趨成熟，往往領略到讀書的情趣，提高了個人的生活境界。

可是，多年來讀過的書太多，舉凡古籍、詩詞、中外名著、古典文學和新文藝等，大都涉獵一部分；而報章、雜誌上的好文章和參考資料，積存得更多。一間小房子，既是孩子的臥室，又是父子三人的書房，除了寢具被褥以外，房子裏都堆滿了書籍；雖然自詡為書香四溢，但看起來雜亂不堪。

我讀書有個習慣，遇到重要的地方，如可圈可點的文字，或可供參考的資料，我都用紅筆圈

圈點點，特別在書眉上摘錄要點，記上典故出處，或寫出名詞名句；並且視其價值之輕重，用紅筆打上單鈎或雙鈎，以作標記，再重要的資料，便以劄記的方式，另外摘錄下來，以作教學或寫作的參考。

因此，有些讀完的書，大都被批註得密密麻麻，難見空白；而且讀完一本書，在書末還要註明閱讀的起迄時間；而剪存的報章、雜誌，也必須註明出刊的年月日或期數，分門別類地用卷宗留存起來，作為日後複習或查考的依據。

可是時間久了，積存得太多，收存的剪報，都是成綑成堆，弄得滿房子都是書籍和文卷。平時因為工作太忙，除了看書以外，還要抽出部分時間寫作，對於過去讀過的書籍和詩詞，很少有複習的機會；往往在寫作上需要參考時，總難記起該資料的出處。即或以前打上紅鈎，做好記號，現在再找起來，仍然費時費力；而我在寫作上向來態度嚴謹，引用古籍或成語，必須對照原文抄寫，引證確鑿以後，這才放心取用。往往在尋找某段文字或資料時，東翻西找，煞費苦心，甚至遍尋不着，難免阻塞寫作的靈感，殊為懊惱。

近來由於靈感不啓，很想寫作而無題材可寫。有人說，多讀、多想、多看，是尋找靈感的泉源；現在既是靈感枯竭，不妨再閉戶讀書，以求精進。

孔子說：「溫故而知新，可以為師矣。」敎了這多年的書，不知有否誤人子弟？可是，學然後知不足，敎然後知困，的確深深體會到了。有時候，在講授正課以外，總想給學生增加一些補

充教材，每在臨時抄寫時，往往無法寫出一句完整的詩詞。至於一句成語典故，或一句格言諺語，也往往交代不清，甚至不知其出處。寫出來有欠完整，憑記憶更難免訛誤。回家後，想再查考，又費時費事，能拖就拖，常常疏忽下來，清夜捫心，頗覺愧疚。

近來，趁着靈感枯竭時，不寫不作，可以利用時間，好好看看書。將以前讀過的書籍，重讀一遍；把以前記載的要點，重新複習；而積存的重要剪報，也再來整理一番。暇時一面翻閱清理，一面複習研讀，不覺得到許多「新的」發現。以前在衆書裏尋它千百次的成語典故，現在竟然唾手可得。有些不能解決的疑難問題，現在對照原書原文之後，也豁然冰釋。更難能可貴的，就是在「博覽羣書」時，隨時蓄積許多可供寫作的題材，引起我再執筆寫作的衝動。

古人說：「好書不厭百回讀，舊書重溫出新意。」讀過的書，必須常加複習，不但可增加更深的了解，而且可得到許多實用的好處。「溫故而知新」，必須親身體驗，才能體會出這句話的眞實意義，甚至妙用無窮。

（七十一年四月六日中華日報）

無稿的日子

一般初習寫作的朋友，很羨慕成名的作家，常見他們的文章在報刊發表，看來真是名利雙收；而自己辛苦寫出來的作品，卻屢遭退稿，找不到發表的園地，難免憤憤不平。

也常見一些成名的作家，往往寫出他們創作的心路歷程，回憶他們在習作之初，也是歷盡艱辛，稿件到處碰壁，幾乎寫不下去；憑着他們對寫作的狂熱，再接再厲，好不容易才熬得出頭來。所謂「不是一番寒徹骨，怎得梅花撲鼻香。」沒有一位名家，沒有遭受到退稿的痛苦。

名家在未成名以前，只是一位普通的作者，當時寄出去的稿件，固屢遭完璧歸趙；可是等到成名以後，為盛名所累，卻有人常歎被約稿、邀稿，甚至被催稿、逼稿之苦。因為名家在大量創作之後，也有江郎才盡的時候；何況他們往往是奉命為文，限時交稿、連字數、題目都已限定了，如果到時候交不出貨色來，不但自砸招牌，甚至得罪了朋友；所以有人因為一時文章寫不出來，會急得團團轉，坐立不安，甚至有人誇大形容到走投無路的地步。

筆者寫作這麼多年，雖然也有被約稿、邀稿的情形，到底成份不多，更沒有遭受被催稿、逼稿的痛苦。因為我在文壇上夠不上一名小卒，有否我的作品，對他們無足輕重；所以有些報刊寄來的刊物，或稱先生，或稱小姐，往往男女不分，動輒將我變「性」，也有誤「柴」為「紫」，真正將我改「姓」的。或雙名單用，又將我改「名」的。或至於狂草錯寫，猶為餘事。

而我對寫作係業餘性質，大都直抒心臆，寫我所要寫的；但時間久了，難免養成習慣，逐漸變成一種嗜好，對於日常所見所聞，所悟所感，如骨鯁在喉，不吐不快；雖說中間數度陷入低潮，又常遭退稿之苦，本想放下筆來，洗手不幹；但不寫又手癢，工作之餘，好像六神無主，使得日常生活失去了重心；於是鍥而不舍，又一直寫了下來，總算稍有收穫。

有人說，腦筋愈用愈靈敏，題材越寫越多，往往互為因果。的確，每當寫作旺季，靈感有如剛開啓的水閘，源泉滾滾，有趕不完的文稿；偏偏在這時候，公私事務繁忙，難得抽暇執筆，總感覺時間不夠用。自己買的書，積放案頭成堆，難得抽暇閱讀。自訂和贈送的雜誌，只好大概翻翻。不知道又那來的那麼多「印刷品」，也隨信寄來，總得拆開看看。每天的報紙，又不得不讀，遇到好的文章和珍貴資料，只好剪存一旁。而文友贈送的新書，不得不及時拜讀，否則辜負朋友的好意；遇有要求寫「讀後感言」時，更是不好交差。偏偏這時候，還有報刊邀稿。許多要做和需趕辦的事，都擠在這節骨眼兒上。於是做這不是，忙那也不是，一天當中，匆忙急遽，人就像電視中特寫的快動作，真是忙得不亦樂乎！

又有人說，忙中就是福。因為忙中生活內容充實，而豐富的生活，乃是寫作的泉源。可是，事情總有忙完的時候，題材也有一時寫盡的時候。無事可忙，則生活內容空虛；久停筆不寫，則靈感愈是枯竭。一個習慣寫作的人，一時閒下來，便成無稿的日子。要寫的題材，都已寫完，寫來寫去，有些內容平淡，有些又似曾相識；如果胡亂寫下去，就變成炒冷飯了。

一般名作家有時受催稿、逼稿的壓力，不得不寫而苦惱；我無外在壓力，乃為自己繳白卷而煩心。因為我寫作向來無人督促，只是自我鞭策，養成一種習慣，不寫不快。眼見文友們的文章，一篇篇上報，既羨慕而又嫉妒；而自己腦筋裏，卻一片空白，攤開稿紙，連一個字也寫不出來；於是塗塗抹抹，寫寫撕撕，而面前的稿紙，依然是格格張張白白。有人見一片落葉，聞一聲鳥鳴，都能觸動文思，提筆寫作；我則靈感不啓，一「文」不名，這無稿的日子，較之忙稿的日子，乃同樣難受。

不過趁此寫作低潮之際，正好塡補忙時的空檔；於是處理私人積留雜務，趕覆朋友的信件，清理剪存資料，或詳讀、或粘貼、或收存，以便各得其所。這些事情辦完以後，正好靜下心來，讀書進修。或古籍詩詞、或古典文學、或中外新文藝名著、或新購散文小說，無不是平時想讀而無時間閱讀，只是翻翻摸摸，看看序文和目錄，或挑看一兩篇，平時未能細讀，心中總有一種壓迫和愧對之感。尤其一些重要參考資料，平時雖做上大字記號，或寫好筆記存查；但書買多了，時間久了，存書櫃，成為欣賞和嚮往的書籍。面對着這些好書，或挑看一兩篇，或做上重點記號，堆放案頭或收

存放缺乏頭緒，一時要取出參考，翻箱倒篋，遍尋不着，既誤時而又煩心；趁此稍嫌時間，作有計畫地重點閱讀，心中一片坦然。

古人說，書中自有黃金屋，我不想為讀書而追求利祿；但多讀書可以充實學識，涵養性靈，尤其可以蓄積寫作的素材，觸發寫作的靈感，確實非常靈驗。因為書是前人經驗智慧的累積，許多學者名家，窮畢生之精力，也只能寫出一兩本名著，傳諸後人；況且古籍經書為中華文化的遺產，古詩古詞乃中國文學的特色，而一些格言諺語更是做人處世的方針。現代由於印刷業發達，許多古籍詩詞、古典文學、和名文名著，大都已重排精印，注解語譯；並有人將一些文學掌故、名人軼事、和名詩名句等，作有系統地整理；工具書更是蒐羅豐富，使古人、今人皆為讀者的書記。現在古書今著，皆大量出籠，真如汗牛充棟；而且價廉書美，閱讀便利，此為現代讀書人之福，處此知識爆炸的時代，我們沒有理由不好好讀書的。

古人有臥遊寫作的佳話，未去的地方，照樣可以寫出精彩的遊記，其功力取材，完全得自書本。現在交通事業發達，想遊歷的地方，可以朝發夕至，環遊世界，亦非難事。如能配合讀書所得，將日常見聞與書本互相印證，相信今人的作品，更能勝過古人。所以書讀得多的人，往往由書中一章一句的啟發，即能寫得出美妙的文章；而書中的智慧資源，真是取之不盡，用之不竭。書讀多了，往往觸動靈感，文思有如泉湧，提筆一揮而就，正所謂「得句錦囊藏不住，四山風雨送人看。」所以讀書除活用知識、修心養性以外，與寫作更是相輔相成。尤其是曾經看過而一時

找不着的參考資料，到時一一出現，如遇故人，溫故而知新，其喜悅的情形更不在話下。

像這篇作品，便是在無稿的日子後完成的。

（七十四年二月四日成功時報）

我的第一篇作品

——人面桃花

朋友看到我經常寫作，想問問我的心路歷程，尤其是第一篇作品，是在什麼情形下產生的？

發表在什麼報刊？可否告訴他一些寫作經驗！

說來頗不好意思，在二十年前，當我還是三十出頭，打着一條光棍；那時候，沒有像現在這樣的老態龍鍾，看到一般小姐們，總愛閒聊幾句，而我的第一篇作品，便是在這樣的情形下產生的，說來也頗話長。

在寫作的旅途上，摸索了二十多年，由於個人的嗜好，起先總是喜歡閱讀報紙副刊，進而引起自己寫作的衝動；可是投出去的文稿，總是又回到自己的手中。然而，無論如何，我還是再接再厲，總希望有一天自己的鋼筆字，也能鉛印出來。

民國五十年的秋天，我正在東部花蓮受訓，每逢星期假日，常和幾位朋友去市區選書店。因此，和幾家書局的店員小姐，都混得很熟。閒來時，大家無話找話說，和小姐們說幾句俏皮話，

返校後，要高興好一陣子。

有一次，我們又走進一家書局，這位店員小姐是新來的，雖然是第一次見面，大家還談得來。因此，我便成為這家書局的經常顧客，以前是大家一起去，後來變成一個人跑單幫，並和她有了進一步的認識。

那是當地一家較具規模的書局，生意本來不壞；可是自從這位小姐來了以後，生意更加熱鬧起來。她那甜蜜的笑容，清秀的面孔，和那雙會說話的眼睛，溫柔美麗，體態大方，不知使多少人為她神魂顛倒。因此，拜倒在她的石榴裙下者，不知凡幾？一些「醉翁之意不在酒」的顧客，雖然不想常買書，也要買幾本簿本回去，只要能一親芳澤，也引以為榮。而她在表面上對任何人都是一視同仁，從不厚此薄彼；就好像那天邊的星星，使人有可望而不可卽的感覺。

也許是我自作多情吧，我認為她對我的印象好像不壞，於是就乘買文具之便，偷偷地遞給她一個粉紅色的信封，表示愛慕之意。她先是一怔，接着報以嫣然一笑，也就暗自收下了。回家後，幾個夜晚，我却想入非非，一直默念着詩經裏「窈窕淑女，君子好逑」的詩句，弄得「悠哉悠哉，輾轉反側」，遭受失眠的痛苦。

說也奇怪，要盼望的日子，偏偏來得很慢，「一日不見，如三秋兮」，好不容易捱到下個星期日外出，我先將自己修飾一番，然後滿懷高興地去做護花使者。一進店門，雖然她點頭示意，

笑臉相迎；可是和她談話以後，好像沒有多大的反應。於是我又遞去一封，她仍然照收不誤。直到第三封後，才接到她一封回信，一時如獲至寶，喜不自勝；可是細讀內文，亦不過普通應酬文字而已，心裏不免涼了半截，然而還是樂在心頭。俗話說，最難消受美人恩，畢竟她總有回音了。

由於這位小姐的名氣頗大，時間久了，追求她的男士愈來愈多，一些藉機會買書的男士，拿着書本一直不想離開。因此，櫃臺前常排成一列橫隊，就像衆星拱月一樣地死纏不走。有兩位仁兄，頗有耐力，堅守崗位，硬是不到打烊不回家；甚至明爭暗奪，各耍花招，大有橫刀奪愛的趨勢。俗話說，情場如戰場，這處奪美之地，一時頗有火藥的氣味。

我總以爲自己比他們幸運，不必去「狗望骨頭」，彼此却有感情上的默契。我不知道這樣算不算是談戀愛？就算是談戀愛吧，也不必操之過急，總有一天，會把那顆閃亮的星星，摘到自己的手掌上。因此，每次去她那裏，買買東西，看看書，談談話，大家說說笑笑，放根長線去，也就離開了。

後來，到她那裏去的人，漸漸增多。我無耐心去排隊，每次去她那裏，連多說幾句話的機會都沒有，靠那封信的默契有什麼用？自己知道情況對我不利，且自慚形穢；只好鳴金收兵，從情場上敗下陣來。以後，去她那裏，就變成點頭之交了。

此後，我們還是到各處逛書店。有一次，經過那家門前，我情不自禁地又跨了進去；誰知櫃臺裏，換來了一位新的面孔。我假裝看書、選書，久等不見，經探詢之下，始知伊人已去。據

說，她早已名花有主，回家後，將是待嫁女兒心了。

──「知君用心如明月，事夫誓擬同生死。」她沒有「還君明珠雙淚垂」；可是大家都能體諒出她當時的心情，只好望名花而與歎了。

我再望望她從前的位置，已是「門前冷落車馬稀」，再不像從前的車水馬龍了。一時感慨環生，想起唐人崔護的抒情詩句：「去年今日此門中，人面桃花相映紅；人面不知何處去，桃花依舊笑春風。」不覺黯然神傷起來。

返校後，我馬上將經過情形和自己的感想，秀才人情紙半張，寫了一篇「人面桃花」的散文，在晚自習前，親自送到離學校不遠的東臺日報門前的信箱去。不料第三天早晨升旗後，輔導組廣播，說是有報社着人送報紙給我。原來我那篇拙稿，很快地已被發表，因為報社沒有稿費，特別着人送來兩份報紙，作為稿酬。

我拿着報紙副刊，定睛細看，果然是我的處女作，已經被排成鉛字，一時高興萬分。另一份被同學搶去傳閱，大家看到我就大喊「人面桃花」，或朗誦那首原詩原句。有人問我煮得半熟的鴨子給飛了，心裏有什麼感想？我心裏非常矛盾，一時答不上話來。本來有一股惆悵懷念之情，突然間被文章刊出的喜樂給沖淡了，這正是所謂「失之東隅，收之桑榆」吧。

由於這篇處女作未經退稿而順利發表，使我增加寫作的信心。此後雖時投時退，漸漸退少刊多。二十多年來在各報章、雜誌所發表的作品，已經有六十多萬字，而且還出了兩本集子，未嘗

不是這篇處女作的鼓勵。

（七十一年三月二十九日南投青年第一四七期）

我讀「抗戰日記」書感

以寫「女兵自傳」而享譽文壇的謝冰瑩教授，生平著作等身，她的「從軍日記」，已被拍成電影；但她在抗戰時期的重要著作，尤其是珍貴的日記，均已絕版。最近謝先生應讀者的要求，將抗戰時期所撰寫的日記和報導作品，出版「抗戰日記」由臺北三民書局印行，正是讀者們急切盼望的佳音。

凡是讀過「女兵自傳」的人，都能了解作者的家庭身世。她為了擺脫舊式家庭的束縛，和爭取婚姻的自由，忍受一切痛苦，幾經奮鬥掙扎，終於獲得所願。為了要實現她從軍報國的壯志，曾經三上火線，參加北伐和抗戰諸戰役，擔任宣傳救護工作。她的文章和日記，大都是在炮火中用血汗換來的眞實資料，更是第一手的歷史文獻。

謝先生從年輕時起，就有寫日記的好習慣，自稱六十年來從未間斷。一般人的日記，難免是身邊瑣事，日常見聞，和個人的私生活等，令人讀來頗覺乏味，甚至不願公開示人的。而謝先生

這本日記，所寫的都是抗戰時的血淚史實；雖然描寫的都是戰地生活，由於她的文字優美，表達技巧熟練，篇篇引人入勝，讀來不致枯燥乏味。

她的日記，每天都有一個主題，分看獨立成篇，可作優美散文欣賞；連起來讀，看來有系統、有順序，就是一部全國軍民同胞浴血抗戰的血淚史。當然，戰地生活是緊張嚴肅的；但緊張中也有輕鬆的一面，即或在戰地夜行或戰況緊急時，仍然描述得如詩如畫，富於文藝氣氛。

這本書出版得很夠氣魄，大字排版，二十五開，厚達四百五十餘頁，閱讀非常方便。中老年人可藉此回憶抗戰期間，國人同仇敵愾和焦土抗戰的史實；而青少年人看來，更可認識過去日本軍閥的殘酷侵略行為，知道八年抗戰的勝利，是犧牲無數軍民同胞的血肉與性命換取來的。而且這本書校對確實，錯字非常的少；不但文藝氣氛濃厚，尤其標點正確。青年學生可當做範文閱讀，從作者的生花妙筆中，學習新文藝和打好作文的基礎。

不是在抗戰時期長大的人，不知道日本軍閥的殘暴；沒有在戰場上打過滾的人，更不知道炮火的慘烈。當時日本軍閥挾其軍火之優勢，每攻佔一個地區，大都先用飛機轟炸，砲彈轟擊，而步兵槍彈只是用來清掃戰場，和殘殺國人的利器。所以，在戰場上只聽見飛機投彈和炮火轟擊的聲音。他們妄想以三個月滅亡中國，那種瘋狂轟炸的慘景，如向稱天堂的蘇州，軍事重鎮的嘉定，剛繁盛的六安，都被轟炸成為破瓦殘垣，慘不忍睹的焦土。而戰場上的將士，更是血肉橫飛，血流成河；但是，他們仍然前仆後繼，視死如歸，令人感動涕零。

當時國族興亡，危如纍卵，全國軍民同胞，都抱着抗戰到底的決心，誓死抵抗；然而，令人痛心的是，前線的漢奸特別多。每次軍事新部署，和高級司令部駐地，均不時有敵機輪番轟炸。他們消息靈通，目標準確，使國軍疲於奔命，損失慘重。而這些消息，都是萬惡的漢奸隨時供給的。每一次飛機臨空，下面即有小漢奸作暗號引導轟炸。這種爲虎作倀的民族敗類，實在使人痛心髮指。但是，從捕獲的漢奸口供中，他們也均坦承不諱，爲生活所迫，不得不爲一天五元的代價來賣命。他們缺乏國家民族的意識，甚至有些老百姓不知駐軍是何國人，爲什麼要打仗？無知同胞之被敵人利用，臨死不知，使人慨歎國家教育的落後。

日本軍閥的瘋狂轟炸，固然使人切齒痛恨；但最令人痛心的，乃爲強姦我女同胞，和隨意殺人的慘事。他們看到年輕的婦女就想強暴，甚至老太婆也被他們作爲洩慾的對象。他們每抓到一名婦女，例必每晚輪流強暴，弄得女人飯不能吃，話不能說，活活被他們輪姦致死。他們只要看到中國人，不論男女老少，就用刺刀瞄準刺殺，弄得鮮血噴流，於是拍掌大笑，視爲樂事；有時人並未死，只是在血泊裏打滾，別人痛得求死不能，他們却是愈覺高興。簡直不是人類，而是一羣殘忍兇暴的禽獸。

由於日人的殘暴兇狠，必欲亡我國家滅我種族而後止。全國軍民同胞在英明領袖蔣委員長領導之下，敵愾同仇，犧牲奮鬥，三軍將士的浴血抗戰，誓死不屈，昭蘇了將死的國魂，給予敵人迎頭痛擊。作者本其在戰場上目覩的事實，在午夜工作疲勞之餘，或在敵人瘋狂轟炸之際，仍然

不忘按天撰寫日記，寄往報社發表。描寫戰時士氣之高，死事之慘；不但鼓舞民心士氣，更使陣亡的將士，死亦瞑目。如第二六四頁血戰三日記，死事慘烈；第一七四頁東戰場撤退時，血流成河，將士們沒有水喝，只好來喝同志們的血水。

而日本軍閥竟在河裏撒毒，使得許多饑渴的將士，因之中毒而死。

以上這些血淋淋的慘事，全都血跡斑斑地記載在作者的日記之中，令人不忍卒讀。

當時，雖然砲火猛烈；但我英勇將士，就是不怕死，臨危不亂，處事鎮定。那怕是砲彈震動司令部的桌椅，破片穿窗而入，仍然坐鎮指揮。一位軍長在一夜之間，先後接聽幾十通作戰電話；但放下聽筒，仍然打起鼾來。臨危時各自撰寫遺書，以示犧牲的決心。士兵們忍饑挨餓，甚至整營在陣地被炮火活埋，仍然前仆後繼，與陣地共存亡。伙伕們冒死送飯，女兵們奮勇裹傷，肚子打穿了的傷兵，自己却抱着流下來的腸子，塞進又流出來，流出再塞進，自己去醫院就醫，仍然出院上前線，真是駭人聽聞。

謝先生當時以巾幗不讓鬚眉，率領女兵們出入前線，救亡宣傳。她雖然身體羸弱，犧牲睡眠，仍然樂此不疲。在裹傷時，戰士們的血，染紅了她們的手。幾次重病，仍然不願休息。憑着她們堅強的意志，克服一切艱險，使人感佩萬分。

我一口氣把這本書讀完，有感於書中文字的優美，和資料的珍貴，覺得有向讀者介紹的必要。於是我重讀第二遍，將書中重要之處，批註圈點，並摘要作成綱要，以便撰寫讀後感想。但

書中精彩生動之處甚多，如敵人的殘暴事實，將士們犧牲奮鬥的精神，和謝先生從軍報國的熱忱，無法一一敍述；只好讓各位讀者親自去領會吧。

（七十一年一月十一日中華日報）

作者寫作時之神情，民國七十五年二月九日（春節）於南投鹿谷。

六筆兼用話塗鴉

本來，這題目原定為「我的寫作習慣」，開門見山，便於發揮；但深恐有看官指着我的筆名笑罵：「柴扉呀，你算那根葱？不但名不見經傳，連報章、雜誌上也很少見你露臉，你也談甚麼寫作習慣，也不去照照鏡子！」

基於上面的顧慮，只好把題目改為「六筆兼用話塗鴉」，來談談個人寫作時的艱苦。

或許又有人要問：「別人寫稿時，只要一枝原子筆就夠了；你為甚麼要六筆兼用，豈不是聳人聽聞，自我誇大？」

不錯，人家寫作時，只用一枝原子筆，不必太費神修改；而我寫稿時，的確準備有六種不同質料的筆，交互使用，各有用途。

談到一般作家寫稿的習慣，各有不同：有人在寫作前，先蒙頭大睡打好腹稿；等到起床後，提起筆來，一氣呵成。有人攤開稿紙後，無題材可寫，只好靠抽香煙、喝咖啡來刺激靈感。有人

早在腦中醞釀多時，等到情感必發時，提筆一揮而就，顯示出胸有成竹的功力。又有人在靈感不來時，擲筆出外散步，以親近大自然；返家後，靈感不招自至。還有人邊寫邊聽音樂，以提高寫作的情韻。甚至有人在寫作時，要手搔腳趾，不斷聞臭，才有文思湧現。這正應了清人張潮的一句話：「人不可以無癖。」何況是搖筆桿需要動腦筋的人？

我不是作家，連作者也談不上，只能算是一個勤於塗鴉的爬格者。為了敘述方便起見，還是要來談談我的寫作習慣。

我從事業餘寫作，自民國五十一年起，迄今已屆滿二十年。此其間，塗塗抹抹的，先後發表過將近七十萬字的作品，也曾出過兩本書。我雖然性喜塗鴉，但缺少文藝細胞。人家二、三十歲，就已叱咤文壇，聲名大噪；而我年逾知命，仍然在投退的階段，稿件經常在外旅行，找不到欣賞的雇主。雖然有些作品，蒙老編的垂青，很快就已見報；但有些稿件，總要經過轉手，才能刊得出來。雖不能說是「滿紙荒唐言」，却是「一把辛酸淚」。寫作如我者，真是傷心哉，艱苦也。

寫作多年以來，我素服膺老作家的話：「寫作的秘訣：便是多讀、多想與多寫。」除了多讀書、多思考以外，我本着海明威提醒的那句話：「作家的身上，離不開紙和筆。」因此，我看到好題材、好文句就記，揣摩憶誦，以作為個人寫作的素材。

可是，由於自己缺少寫作才華，搜集材料甚多，却不善適當運用。寫出來的東西，總是那個

老調兒，不為編者所喜愛。只見一般文友，刊出一篇作品，好像不費吹灰之力；不但才華洋溢，稿費也滾滾而來，使人既羨慕而又嫉妒。經過觀察研究，人家寫作技巧熟練，腹有經綸，筆觸細膩，對事態觀察角度不同，作品意境高超，題材適合需要；所以才筆隨心至，水到渠成。說穿了，也曾下過一番苦功呢。

我的寫作習慣，大抵先在前一天傍晚，躺在床上打腹稿；等到第二天清晨起床後，才開始動筆。因為個人健康和工作環境關係，我只能在早晨上班前，撥出五十分鐘的時間寫作，其餘的時間，各有安排。所以一篇作品，那怕是一兩千字，也要兩三天才能完成；至於較長篇什，至少非一星期以上不為功。

但是，文思是連緜湧出的，如不及時抓住，稍縱即逝。寫作時，必須一氣呵成，才夠氣勢和情韻。一篇數千字的文章，如果寫到中途，前不巴村，後不着店，前後不能銜接怎麼辦？

所以，我在打好腹稿綱要後，先用原子筆擬稿；等到時間已到，只好放下筆來，準備上班。下面要繼寫的材料，便用鉛筆做上記號，標明要銜接的段落，下次才不致空缺脫誤。這情形不是個人如此，在工商業時代，一般忙人，也都是利用零碎時間寫作。曾在一本書上看到：一位作家，在一篇三千字的文稿裏面，用紅藍筆零碎交互寫作，曾放下筆達三十七次之多。而老作家謝冰瑩教授曾說過，她的一篇兩千字的文稿，放下筆竟高達四十二次。我想他們為銜接文思，或許也要另做記號吧。

一般作家寫文章，提起筆來便直接寫在稿紙上，不必費時打稿；而我必須像學生作文一樣，不但要先打腹稿，更要打草稿，而且急就潦草，必須一改再改，細讀潤飾，才敢謄寫在稿紙上，這工作便落在一枝紅色簽字筆上。等到作品刊出後，再對照底稿校對，如有被編者更易或錯誤之處，更必須借重紅色簽字筆訂正，這才放下心來，剪貼在簿本上。

另外，那枝鉛筆除了做文思記號以外，還作為稿件謄清後，校對原稿之用。每校讀一次，便在頁底打一單鉤做記號，至少要校讀兩次，才放心投出。等到退稿後再轉投時，仍須校讀一兩次，迨更易或校讀無誤後，始再行轉投。通常打了四個記號的原稿，大概都能刊出；要不然，便是題材不合罷了。

此外，我投稿無論寄往何處，有無刊出把握，除中副以外，照例另附退稿回郵信封；如果能被採用，當然更好；否則，還是歡迎它迅速歸來，以免天天癡癡地等。有了回郵信封，編者退稿容易，作者也免除懸念，這樣兩得其便。而原稿前端，註明「附寄退稿回郵信封；如不合用，請早日退稿。」的筆跡，也是用鉛筆記上的。

個人另有個習慣，來往信件，都記在私人通信錄上。除登記親友信件外，投寄報章、雜誌的文稿，都有詳細記錄。註明投往某處日期、文稿字數、所用筆名、退回或刊出日期、有否附寄回封、收到稿費數字及日期，以及原稿轉投記錄，都毫無缺漏，有案可查。這本通信錄及投出時之信封字跡，一定用鋼筆書寫，原子筆是不能代勞的。

有時候，稿件篇幅過多，小信封裝不下，便換用大型信封。為了字體配合放大，便用黑色簽字筆書寫封面，以代替毛筆，而求省時便用。

十年前，我因奉派代表學校參加全省中小學教師國語文競賽作文組比賽，規定作文須用小楷毛筆書寫，不得使用原子筆。在縣內比賽固然得到第一名，但在全省比賽，除須加強準備作文題材以外，更須勤練毛筆字。所以投稿時，一律改用毛筆抄寫，藉以練習小楷。每天抽出時間，勤練四月，用功不為不深。而投出的文稿，卻引起編輯先生的驚異，認為在這工商業社會人事紛繁的現代，竟有儍人仍用毛筆寫稿，而且字體工整，未免大惑不解。

說也奇怪，大概是這種寫稿功力，引起編輯先生的同情，或是留取毛筆原稿作樣品，投出去的稿件，大都被採用刊出。而省賽時，卻得到中小學教師組作文第三名，這不得不拜勤練毛筆字之所賜。但這種用毛筆字投稿的儍事，事過之後，便沒有再做了。

從上面看來：我用原子筆擬稿抄稿，紅色簽字筆改稿，用鉛筆做記號，再用鋼筆或黑色簽字筆書寫封套，甚至更用毛筆字投稿；而寫出來的作品，仍在投退邊緣，您說，這題目不正是「六筆兼用話塗鴉」嗎？

我雖然用過這多種筆寫作，惟獨缺少一枝彩筆；所以寫出來的作品，仍然擲地無聲，甚至有些扔到字紙簍去了。我真夢想真有一位神人，在夢中送我一枝彩筆，就像古代的江淹一樣，夢筆生花，文思大進，使我的作品在意境上有所突破；投出去的文稿，有投必中，也能在文壇上風光

一番。您說，那該有多麼愜意！

不過，夢想終歸夢想，江郎也有才盡之一日，還推說甚麼彩筆又給神人收走了，所以才寫不出好的作品來。說穿了，還是他晚年生活不夠積極罷了。所以，作爲一個嗜好寫作者，只有一個老辦法——多讀、多想與多寫，充實生活經驗；到時候，說不定手上眞握有一枝彩筆哩！

（七十二年二月一日中國語文）

滄海叢刊巳刊行書目 (五)

書　　　名	作　　者	類	別
中西文學關係研究	王　潤　華	文	學
文　開　隨　筆	糜　文　開	文	學
知　識　之　劍	陳　鼎　環	文	學
野　　草　　詞	韋　瀚　章	文	學
李　韶　歌　詞　集	李　　韶	文	學
石　頭　的　研　究	戴　　天	文	學
留　不　住　的　航　渡	葉　維　廉	文	學
三　十　年　詩	葉　維　廉	文	學
現　代　散　文　欣　賞	鄭　明　娳	文	學
現　代　文　學　評　論	亞　　菁	文	學
三十年代作家論	姜　　穆	文	學
當代臺灣作家論	何　　欣	文	學
藍　天　白　雲　集	梁　容　若	文	學
見　　賢　　集	鄭　彥　棻	文	學
思　　齊　　集	鄭　彥　棻	文	學
寫　作　是　藝　術	張　秀　亞	文	學
孟　武　自　選　文　集	薩　孟　武	文	學
小　說　創　作　論	羅　　盤	文	學
細　讀　現　代　小　說	張　素　貞	文	學
往　　日　　旋　　律	幼　　柏	文	學
城　市　筆　記	巴　　斯	文	學
歐　羅　巴　的　蘆　笛	葉　維　廉	文	學
一　個　中　國　的　海	葉　維　廉	文	學
山　外　有　山	李　英　豪	文	學
現　實　的　探　索	陳　銘　磻編	文	學
金　　排　　附	鍾　延　豪	文	學
放　　　　鷹	吳　錦　發	文	學
黃　巢　殺　人　八　百　萬	宋　澤　萊	文	學
燈　　下　　燈	蕭　　蕭	文	學
陽　關　千　唱	陳　　煌	文	學
種　　　　籽	向　　陽	文	學
泥　土　的　香　味	彭　瑞　金	文	學
無　　緣　　廟	陳　艷　秋	文	學
鄉　　　　事	林　清　玄	文	學
余　忠　雄　的　春　天	鍾　鐵　民	文	學
吳　煦　斌　小　說　集	吳　煦　斌	文	學